KB060794

파리의 대파초 여인

Cet ouvrage, publié dans le cadre du Programme d'aide à la Publication Sejong,
a bénéficié du soutien de l'Institut français de Corée du Sud.

이 책은 주한프랑스문화원 세종 출판번역지원프로그램의 도움으로 출간되었습니다.

LA DARONNE

파리의
대파초 여인

안네로르 케르 지음   이상해 옮김

문학사상

일러두기

1. 외국어 병기는 본문 안에 작은 글씨로 처리했습니다. 외래어 표기는 국립국어원의
   규정을 바탕으로 했으며, 규정에 없는 경우는 현지음에 가깝게 표기했습니다.

2. 본문 안의 모든 주는 옮긴이 주입니다.

차례

1

돈은 모든 것이다

사기꾼이었던 우리 부모는 본능적으로 돈을 사랑했다. 금고에 감춰두거나 은행에 예치해두는 종이 쪼가리나 숫자로서가 아니라 번식 능력을 갖춘, 창조를 할 수도 사람을 죽일 수도 있는 지적인 생명체로서. 사람들의 운명을 손에 쥐고 주무르는 무시무시한 어떤 것으로서. 아름다운 것과 추한 것, 실패한 사람과 성공을 거둔 사람을 구별하는 것으로서. 돈은 모든 것이다. 뭐든 팔 준비가 되어 있는 세상에서살 수 있는 모든 것의 응축물이다. 그것은 모든 질문에 대한대답이며, 모든 인간을 모이게 하는 바벨탑 이전의 언어다.

그들은 고국을 포함한 모든 것을 잃었다. 아버지에게 프랑스령 튀니지, 어머니에게 유대인의 빈은 눈곱만큼도 남지 않았다. 그들에게는 파타우에트[1]나 이디시어[2]로 대화를 나눌 사람이 아무도 없었다. 죽어서 묘지에 묻힌 사람들조차 없었다. 아무것도 없었다. 아틀란티스 대륙처럼 지도에서 지워져 버렸다. 이렇게 해서, 그들은 고속도로와 숲 사이의 공간에 자신들의 고독을 모아 집을 짓고 그곳에 뿌리를 내렸다. 나는 그들이 거창하게도 '사유지'라 이름 붙인 그 집에서 자랐다. 그 이름이 그 을씨년스러운 땅뙈기에 함부로 범할 수 없는 법률의 신성한 성격을, 아무도 그들을 그곳에서 내쫓을 수 없다는 일종의 합법성을 부여해주었다. 그 집은 그들의 이스라엘이었다.

내 부모는 프랑스에 사는 외국인, 어딘지 수상쩍어 보이는 이방인이었다. 주머니에 땡전 한 푼 없는 외지인들. 그 부류의 사람들 모두가 그렇듯, 그들에게도 선택의 여지랄 게 없었다. 그들은 어떤 돈이든 가리지 않고 달려들었다. 일만 할 수 있다면 어떤 조건이든 받아들였고, 그들 같은 사람들로 이뤄진 공동체와 손잡고 닥치는 대로 뒷거래를 해댔다. 그들

---

1 북아프리카에서 사용되던 프랑스어 사투리.
2 중앙 및 동부 유럽에서 사용되던 유대 언어.

은 오래 생각하지 않았다.

내 아버지는 '무엇이든, 어디든'을 사훈으로 내건 운송 회사 '몽디알'의 PDG[3]였다. 오늘날에는 'PDG'라는 단어가 직업을 지칭하지 않지만, 1970년대에는 직업으로, 예컨대 "네 아버지 뭐 하시니?" 하는 질문에 "PDG인데요……" 하는 식으로 흔히 사용되었다. 그 단어는 카나르 아 로랑주[4]나 짧은 치마바지에 맞춰 입은 노란색 나일론 터틀넥, 장식 줄이 달린 전화기 덮개와 어울리는 것이었다.

아버지는 파키스탄, 우즈베키스탄, 아제르바이잔, 이란처럼 국가명이 '안'으로 끝나는, 소위 '빌어먹을' 나라로 트럭을 보내 큰돈을 벌었다. 몽디알에 입사 지원을 하려면 감옥살이 경험이 한 번쯤은 있어야 했다. 아버지 말로는, 최소한 15년은 살고 나온 놈만이 트럭 운전석에 죽치고 앉아 수천 킬로미터를 달리는 일도 마다 않고 화물을 자기 목숨인 양 지킬 수 있었으니까.

아직도 어제 일처럼 눈에 선하다. 크리스마스트리를 배경

---

3 président-directeur général의 약어로 '사장'을 뜻한다.
4 오렌지를 곁들인 오리 가슴살 요리.

으로 얼굴에 칼자국이 선명한 험상궂은 사내들이 교살자의 우악스러운 손에 색색의 작고 예쁜 선물 상자를 든 채, 남색 벨벳 원피스 차림에 프로망르루아예 에나멜 구두를 신은 나를 둘러싸고 서 있는 모습이. 몽디알의 사무직원들도 다를 건 없었다. 그들은 예외 없이 아버지와 같은 북아프리카 출신에, 못생긴 만큼이나 부정직한 사내들이었다. 아버지의 개인 비서 자클린만이 단연 돋보였다. 그녀는 곱슬머리를 틀어 올려 쪽을 짓고 왕관 모양의 머리띠로 멋을 부렸다. 과거 청산 시기에 사형을 선고받은 대독 협력자의 딸이었던 그녀는 비시[5]에서 어린 시절을 보내서인지 어딘가 품격이 있어 보였다.

도무지 가까이 하고 싶지 않은 이 유쾌한 일당을, 아버지는 소설에나 나올 법한 대부의 장악력으로 이끌어 이른바 '추가' 화물을 아주 은밀하게 운송했다. 그렇게 코르시카와 북아프리카 출신 친구들과 함께 모르핀 원액, 각종 무기와 탄약을 밀매한 덕분에 1980년대 초반까지 돈을 쓸어 담다시피 했고, 몽디알의 직원들에게도 아주 후한 보수를 챙겨줄 수 있었다. 파키스탄, 이란, 아프가니스탄……. 당당하게 말할

---

5 제2차 세계대전 당시 독일에 협력한 프랑스의 괴뢰정권이 들어섰던 도시. '비시정부'
   라는 말이 이곳에서 유래한다.

수 있는데, 내 아버지는 영광의 30년[6] 동안 유럽과 중동 간 무역로를 다시 열어젖힌 마르코 폴로였다.

　내 부모는 '사유지'의 환경에 대한 모든 비판을 자신들에 대한 상징적인 공격으로 받아들였다. 그래서 우리는 고함을 지르지 않고는 의사소통을 할 수 없을 정도로 시끄러운 도로의 소음이나 곳곳을 파고드는 시커멓고 끈적끈적한 먼지, 집을 통째로 뒤흔드는 진동, 다른 차에 뒤꽁무니를 처박히지 않고 안전하게 귀가하는 단순한 일이 거의 기적처럼 여겨지는 6차선 고속도로의 극단적인 위험 등 그곳의 부정적인 측면에 대해서는 일절 입에 올리지 않았다.

　엄마는 집 대문 300미터 전방에서부터 기어를 1단에 놓고 비상등을 켠 채 경적을 마구 울려대며 속도를 줄여 차고로 들어왔다. 아버지는, 드물게 집에 있을 때면 자기 포르쉐로 일종의 엔진브레이크 테러를 저질렀는데, 8기통의 굉음을 울리며 단 몇 미터 사이에 속도를 시속 200킬로미터에서 10킬로미터로 줄이는 바람에 재수 없게도 그 뒤를 따르던 운전자는 혼비백산해 핸들을 꺾곤 했다. 나로 말하자면, 누가

6　제2차 세계대전 이후 서구 사회가 경제적 호황을 누렸던 30년을 지칭한다.

날 찾아 집으로 온 적은 한 번도 없었다. 한 친구가 나에게 어디 사느냐고 물었을 때, 나는 집 주소를 속였다. 속이지 않았더라도, 어차피 내 말을 믿는 사람은 없었을 것이다.

어릴 적 내 상상력은 우리를 별개의 사람들, '도로의 족속'으로 만들어놓았다.

30년에 걸쳐 신문 사회면에 대서특필된 다섯 사건이 이 족속의 독특함을 확인시켜준다. 1978년에는 27번지에서 열세 살짜리 남자아이가 정원 손질에 쓰는 연장으로 자고 있던 부모와 네 형제자매를 무자비하게 살해했다. 왜 그랬냐는 질문에 아이는 변화가 필요했다고 대답했다. 1980년대에는 47번지에서 온 가족이 집에 노인을 가둬놓고 고문하는 아주 해괴한 사건이 발생했다. 그로부터 10년 뒤에는 12번지에 결혼 중개업소가 들어섰는데, 알고 보니 동유럽 여성들을 납치해 매춘을 시키는 조직의 거점이었다. 18번지에서는 미라로 변한 부부가 발견되었고, 최근에는 5번지가 지하드 전사들의 무기고였다는 사실이 밝혀졌다. 이 모두가 신문에 실린 내용이다. 내가 지어낸 게 아니라.

그들 모두는 왜 하필이면 이곳을 삶의 터전으로 선택했을까?

내 부모를 포함해 그들 중 일부에게 대답은 간단하다. 돈은 어둠을 좋아하니까. 어둠의 세계에는 고속도로변에서 되팔 만한 것들이 있기 마련이니까. 다른 사람들은 어땠냐고? 고속도로는 그들을 미치게 했다.

별종이었던 우리는 식탁에서 밥을 먹다가도 날카로운 타이어 마찰음이 들려오면 손에 포크를 든 채 동작을 멈추고 입을 다물었다. 그러면 곧 차체가 박살 나는 굉음이, 이어 등골이 서늘한 고요가 뒤따랐다. 그 고요는 뒤범벅이 된 살(그들처럼 어딘가로 가고 있던 사람들의 살)과 차체의 파편을 서행으로 스쳐 지나가는 운전자들이 스스로에게 부과하는 조종弔鐘의 규율 같은 것이었다.

이런 일이 우리 집 앞 54번지 근처에서 일어나면 엄마는 구조대에 전화를 했고, 우리는 하던 식사를 멈춘 뒤, 엄마의 표현을 빌리자면 '사고 구경'을 하러 나갔다. 접이식 의자를 들고 집을 나서면 사고 현장에서 이웃과 마주치곤 했다. 사고는 주로 주말에, 인근에서 가장 잘나가는 나이트클럽이 자리 잡은 60번지 근처에서 발생했다. 나이트클럽과 대형 사고는 늘 함께 다닌다. 술에 떡이 되도록 취해 차 한 대에 짐짝처럼 첩첩이 올라타고 고래고래 소리를 지르며 달려와서는 자기들만 뒈지는 것으로 모자라 해변에서 아침을 맞이할 작정으로 한밤중에 휴가 길에 오른 즐거운 가족들까지 한 방에 데려가는 멍청이들이 얼마나 많은지, 정말 미쳤다 싶었다.

이렇게 '도로의 족속'은 젊은이, 늙은이, 개를 가리지 않고 뇌수가 튀고 창자가 터지는 수없이 많은 비극을 아주 가까이에서 지켜봤다. 항상 놀라웠던 건 그 많은 희생자가 내지르는 비명을 단 한 번도 들어본 적이 없다는 사실이다. 우리가 들은 것이라곤 비틀비틀 우리 집까지 겨우 걸어온 사람들이 나지막하게 내뱉는 "오, 맙소사"가 고작이었다.

내 부모는 세금을 조금이라도 덜 내기 위해 1년 내내 집에 틀어박혀 도무지 뭐가 뭔지 알 수 없을 정도로 복잡한 계산에 몰두했다. 그들은 생활 방식에서 부유하게 보일 수 있는 외적 기호들을 철저히 몰아냈고, 그렇게 해서 기름진 먹잇감을 찾아내려 혈안이 된 세무 당국을 따돌렸다.

그러나 휴가철이 되어 프랑스 영토를 벗어나기만 하면, 우리는 뷔르겐슈톡, 체르마트, 아스코나 등지에 있는 스위스나 이탈리아 호텔에 자리를 잡고 미국의 인기 여배우들 곁에서 억만장자처럼 지냈다. 크리스마스는 룩소르의 윈터 팰리스 호텔이나 베네치아의 다니엘리 호텔에서 보냈고…… 그러면 엄마는 삶을 되찾았다.

호텔에 도착하자마자 엄마는 옷과 보석, 향수를 사기 위해 호화로운 부티크로 달려갔고, 그사이 아버지는 거래처를 돌아다니며 현찰이 가득한 크라프트지 봉투를 수거했다. 저녁 무렵에는 덮개가 열리는 흰색 선더버드를 호텔 정문 앞으로 몰고 왔는데, 어찌 된 영문인지는 알 수 없지만 그 고급 자동차는 여행 내내 우리를 따라다녔다. 루체른 호수나 베네치아의 대운하에 마법처럼 나타나는 리바 모터보트 역시 마찬가지였다.

피츠제럴드의 소설에나 나올 법한 이 호사스러운 여행 때 찍은 사진들이 많이 남아 있긴 하지만, 내가 보기엔 단 두 장으로 그것 모두를 함축할 수 있을 듯하다.

첫 번째는 장밋빛 꽃무늬 원피스를 입은 엄마가 여름 하늘을 향해 분출하는 녹색 분수처럼 선명한 종려나무 옆에서 포즈를 취한 사진이다. 태양 빛에 이미 시린 눈을 보호하느라 손을 차양처럼 펼쳐 얼굴을 가리고 있다.

다른 한 장은 오드리 헵번과 함께 찍은 내 사진이다. 스위스 건국 기념일인 8월 1일에 벨베데르 호텔에서 찍은 것이다. 나는 생크림을 얹고 시럽을 뿌린 큼지막한 멜바 딸기를 먹고 있고, 내 부모는 댄스 플로어로 나가 셜리 배시의 노래에 맞춰 춤을 추는 중이다. 어마어마하게 큰 불꽃놀이 불꽃이 터져 루체른 호수에 비친다. 피부가 갈색으로 그을린 나는 내 눈의 파티앙스 블루[7](내 눈 빛깔에 이 별명을 붙여준 건 아버지였다)를 더욱 돋보이게 하는 푸른색 주름 장식이 달린 리버티 원피스를 입고 있다.

완벽한 순간이다. 행복에 젖은 나는 원자로처럼 환하게 빛을 발한다.

오드리 헵번도 내게서 뿜어 나오는 어마어마한 행복감을 느낀 모양이었다. 자기 발로 내 옆에 다가와 앉고는 나더러 나중에 커서 뭘 하는 사람이 되고 싶은지 물었으니까.

"불꽃놀이를 수집하는 사람요."

"불꽃놀이를 수집하는 사람! 그런데 그런 걸 어디다 모아두려고?"

"내 머릿속에요. 난 온 세상을 여행하면서 모든 불꽃놀이를 구경할 거예요."

"그래, 넌 내가 만난 최초의 불꽃놀이 수집가구나! 반

---

7 bleu-Patience, patience는 프랑스어로 '인내'·'끈기'를 뜻하며 여기서는 화자의 이름이기도 하다.

가워."

　그러고서 그녀는 그 특별한 순간을 영원히 남기기 위해 자기 친구들의 사진사를 불렀다. 그녀는 사진 두 장을 뽑게 했다. 한 장은 나를 위해, 다른 한 장은 자신을 위해. 나는 내 몫의 사진을 잃어버렸고, 그런 사진이 존재한다는 사실조차 까맣게 잊고 지냈다. 우연히 경매 카탈로그에서 〈어린 불꽃놀이 수집가〉(1972)라는 제목과 함께 실린 그녀 몫의 사진을 보기 전까지는.

　그 사진은 당시의 내 모습이 약속했던 삶, 그 8월 1일 이후로 흘러가버린 모든 시간보다 훨씬 눈부신 미래를 품은 삶을 포착한 사진이었다.

　탐나는 투피스 정장이나 핸드백을 손에 넣기 위해 휴가 내내 스위스 전역을 돌아다닌 엄마는 무슨 돈으로 그 모든 신상품을 샀느냐는 세관원의 질문에 대비해 프랑스로 돌아오기 전날 잔뜩 쌓아놓은 새 옷들의 상표를 모조리 떼어냈고, 예쁜 향수병에 든 내용물은 투박한 샴푸 통에 옮겨 담았다.

　그들은 왜 내 이름을 파티앙스라고 지었을까?

"네가 열 달을 꽉 채우고 태어났으니까. 네 아빠는 늘 네가 태어난 날 폭설이 내리는 바람에 차고에서 차를 꺼낼 수가 없어 널 보러 오지 못했다고 그랬지. 하지만 실은 그렇게 오랫동안 기다리던 아이가 딸이라는 걸 알자 실망할 대로 실망해서 안 왔던 거야. 넌 몸집이 어마어마했어……. 몸무게가 5킬로그램…… 완전히 괴물이었지……. 게다가 겸자에 머리통 절반이 찌그러져서…… 얼마나 흉측했는지. 겨우겨우 널 끄집어냈을 때는 마치 지뢰라도 밟은 양 주변에 피가 홍건했었지. 도살장이 따로 없었다니까! 겨우 딸이나 낳자고 그 난리를? 그건 너무나 부당했어!"

내 나이 이제 쉰셋이다. 내 긴 머리칼은 하얗게 셌다. 아버지한테서 물려받았는지 꽤 젊었을 때부터 그랬다. 그게 창피해 일찍부터 염색을 했다가, 거울을 들여다보며 허옇게 올라오는 모근을 살피는 일이 지긋지긋해져서 그냥 새로 자라라고 아예 빡빡 밀어버렸다. 요샌 그게 유행이 된 모양이지만. 어쨌거나 밀어버린 머리는 내 눈 빛깔 파티앙스 블루와 아주 잘 어울리고, 내 얼굴의 주름들과도 점점 구색이 맞는다.

나는 말만 하면 입이 살짝 삐뚤어진다. 그래서 얼굴 오른쪽이 왼쪽보다 조금 덜 주름져 보인다. 태어날 때 겸자에 짓눌리는 바람에 가벼운 반신불수가 와서 그렇다. 그런데 그게 내 이상한 머리카락과 어우러져 맨숭맨숭하지 않은 파리 변두리 사람의 인상을 부여한다. 두 번의 임신 기간을 거치는 동안 색색의 케이크며 과일 젤리며 아이스크림에 대한 열정을 한껏 펼쳐 무려 30킬로그램이나 늘었었지만, 지금은 평균 체중보다 5킬로그램쯤 더 나가는 건장한 체구다. 직장에 출근할 땐 꾸미지 않아도 우아해 보이는 회색이나 검은색 혹은 진회색의 단색 정장을 입는다.

나는 하얗게 센 머리카락이 늙은 비트족[8] 같은 인상을 풍길까 봐 늘 신경 써서 깔끔하게 단장을 한다. 남들에게 잘 보이려고 멋을 부리는 건 아니다. 내 나이쯤 되면 그런 종류의 교태는 오히려⋯⋯ 처량해 보이니까. 그래, 난 그저 사람들이 나를 보고 "맙소사, 저 여자 정말 짱짱해 보이네"라고 소리쳐 주길 바랄 뿐이다. 머리 손질, 매니큐어, 피부 미용, 히알루론산 주사, 레이저 제모, 고급 화장품, 데이 크림, 나이트 크림, 낮잠⋯⋯. 미용에 관한 한 나는 언제든 돈만 있으면 다 된다는 마르크스주의적인 개념을 갖고 있다. 오랫동안 나에게는 아름답고 깨끗해지는 데 필요한 재정적인 수단이 없었다. 그

---

8 1950년대 전후 미국의 풍요로운 물질 환경 속에서 보수화된 기성 질서에 반발해 저항적인 문화와 기행을 추구했던 일단의 젊은 세대.

래서 그걸 손에 쥔 지금에 와서야 만회를 하는 것이다. 지금 당신이 고급 호텔의 발코니에 앉아 있는 나를 본다면 마치 알프스의 소녀 하이디 같다고 말할 것이다.

사람들은 내 성격이 까칠하다고들 한다. 하지만 내가 생각하기에 그건 성급한 판단이다. 내가 사람들에게 쉽사리 짜증을 내는 건 사실이다. 하지만 그건 그들이 답답할 정도로 느리고, 많은 경우 시시하기 때문이다. 예를 들어 누군가가 내가 평소 신경조차 안 쓰는 무언가에 대해 장황하게 얘기를 늘어놓으면 속으로 슬슬 짜증이 나는데, 그게 내 눈길에 드러나는 걸 막을 수가 없고, 그것이 그들의 기분을 상하게 한다. 사람들이 나를 싫어하는 건 바로 그 때문이다. 그래서 나는 친구가 없다. 알고 지내는 사람만 있을 뿐.

그게 아니라면, 나만이 가진 작은 신경 이상증 때문일지도 모른다. 두뇌가 여러 감각을 연결해 다른 사람들의 현실과는 다른 현실을 살게 만드는 것이다. 나의 경우, 색과 형태들이 미각, 그리고 행복감이나 포만감과 같은 감각들과 결합된다. 아주 이상하고 설명하기 어려운 감각적 경험, 흔히 '형언할 수 없는 것'이라 칭하는 그런 현상이다.

누군가는 소리를 들으면 색깔을 떠올리고, 또 누군가는 숫자를 형태와 결합하며, 다른 누군가는 지나가는 시간을 물질적으로 지각하기도 한다. 나는 색깔을 맛으로 느낀다. 색깔들이 물질과 빛의 양자적인 은밀한 만남에 지나지 않는다는 것은 잘 알지만, 그럼에도 색깔들이 물체 자체에 존재한다고 느끼지 않을 수가 없다. 예컨대, 사람들이 분홍색 드레스로 보는 것을 나는 작은 분홍색 원자들로 구성된 분홍색 물질로 본다. 그것을 가만히 쳐다보고 있자면 내 눈길은 그 무한한 분홍 속에서 길을 잃고, 그러면 내면에서 만족감과 흥분이, 동시에 그 드레스를 입으로 가져와 맛보고 싶다는 억누를 수 없는 욕구가 인다. 나에게 분홍은 하나의 맛이기도 하기 때문이다. 프루스트의 《갇힌 여인》에서 베르메르의 〈델프트 풍경〉을 바라보는 남자를 그토록 사로잡았던 '노란 벽의 작은 자락'처럼 말이다. 나는 프루스트가 어느 순간 그 남자, 그에게 영감을 주어 베르고트라는 인물을 창조하게 한 남자가 그 그림을 맛나게 핥는 장면을 우연히 목격했을 거라고, 하지만 그게 너무 미친 짓 같고 약간은 역겨웠기 때문에 소설에서는 그 얘길 하지 않은 거라고 확신한다.

어릴 적 나는 벽에 칠한 도료와 단색 플라스틱 장난감을 끊임없이 삼키는 통에 여러 차례 죽을 고비를 넘겼다. 한 독창적인 의사가 자폐증이라는 흔한 진단에서 한발 더 나아가 나에게서 '바이모달 공감각'을 발견할 때까지 계속 그랬다. 의사가 발견한 그 신경학적인 특성은 왜 내가 식사 시간에 여러 색깔이 알록달록하게 섞인 접시를 앞에 두고 앉기만 하면 얼굴 가득 경련을 일으키며 음식물을 분류하느라 시간을 다 보내는지도 설명해주었다.

의사는 내 부모에게 일러주었다. 내가 원하는 한, 또 그것들이 나에게 독이 되지 않는 한, 파스텔 빛깔 사탕이든, 시칠리아 빙과든, 분홍색과 흰색이 섞인 슈크림이든, 알록달록한 작은 과일 절임이 박힌 바닐라 아이스크림이든, 원하는 것이면 뭐든지 먹게 내버려두라고. 한 장씩 넘겨가며 훑어볼 수 있는 색견본 책과 내가 넋을 잃은 채 혀를 오물거려가며 몇 시간이고 쳐다보곤 했던, 다채로운 빛깔의 큼직한 돌이 박힌 반지들을 쥐여주라고 귀띔한 사람도 그였다.

불꽃놀이 얘기로 돌아가보자. 하늘에 국화 다발들이 활짝 펼쳐져서 백열하면, 나는 나를 기쁨으로 가득 채우는 동시에 뭐라 형언할 수 없는 충만감을 주는, 예외적일 만큼 생생하고 격렬한 감동을 맛본다. 마치 오르가슴 같은 느낌이다.

불꽃놀이 수집은, 그러니까 온 우주가 함께 나누는 거대한 집단 난교의 중심에 있는 것과 같은 셈이다.

그리고 포르트푀[9]······. 이것이 내 남편, 한동안 잔인한 세상으로부터 나를 보호해주었던, 욕망이 충족되고 기쁨이 넘치는 삶을 내게 제공했던 사내의 이름이다. 우리가 결혼 생활을 영위한 멋들어진 몇 년 동안, 그는 나를 있는 그대로 사랑해줬다. 색깔에 민감한 나의 성적 취향, 화가 마크 로스코에 대한 나의 열정, 나의 장미색 드레스들, 내 엄마 말고는 견줄 이 없는, 유익한 일이라곤 도무지 할 줄 모르는 내 무능력까지도.

우리는 그의 노고의 결실로 빌린 멋진 아파트에서 우리의 생활을 시작했다. 분명히 밝혀두는데, 여기서 '빌린'이란 '압류할 수 없는'이라는 뜻으로 쓴 것이다. 내 남편도 내 아버지와 마찬가지로 우리에게 어마어마한 물질적 안락을 가져다준다는 것 외에는 아무도 그게 뭔지 알지 못하는, 남편이 너그럽고 진지하고 교양 있게 행동하는 한 누구도 그에 대해 꼬치꼬치 캐물을 생각을 하지 못하는 그런 종류의 사업을 했으니까.

내 남편 역시 예의 '빌어먹을' 나라들 덕분에 떼돈을 벌었다. 그는 국가적 규모의 사행성 사업 구조 개발 컨설팅이라

---

9 Portefeux, 그대로 옮기자면 '불을 지닌 자'라는 뜻이다.

는 거창한 활동을 했는데, 쉽게 말하면 아프리카 혹은 아제르바이잔이나 우즈베키스탄 같은 머나먼 남동 지역 국가들의 지도자들에게 복권과 장외마권 발매에 대한 자신의 전문 지식을 팔아먹는 일이었다. 어떤 분위기인지 어렵지 않게 상상할 수 있을 것이다. 어쨌거나 나는 그와 함께, 혹은 내 가족과 함께 그 있을 법하지 않은 국제 호텔들에 여러 차례 묵어본 터라 그곳의 막장 분위기를 익히 알고 있다. 그나마 에어컨이 돌아가고, 술에 다른 것을 타지 않는 유일한 장소. 용병들과 기자, 사업가, 도피 중인 사기꾼들이 어울리는 공간. 게으르게 수다나 떨기에 적합한 평온한 권태가 호텔 바를 지배하는 곳. 아는 사람들에게는 정신병원 휴게실의 나른한 분위기 혹은 제라르 드 빌리에의 소설들 속에서 찾아볼 수 있는 분위기와 그리 다르지 않은 곳.

우리는 오만 술탄국의 수도 무스카트에서 만났다. 결혼 7주년을 축하하기 위해 다시 찾았다가 그가 죽은 곳도 바로 거기다. 처음으로 함께 밤을 보낸 다음 날 아침, 그는 내가 가장 좋아하는 그림이 로스코의 〈화이트 센터(옐로우, 핑크 앤드 라벤더 온 로즈)〉라는 사실을 전혀 모르면서도 딱 그 이미지에 맞춰 내 토스트에 잼을 발라주었다. 사각형 식빵 위쪽 절반에는 딸기잼을, 가운데 4분의 1쯤 되는 표면에는 무염 버터를, 마지막으로 남은 공간에는 오렌지잼을 펴 발랐다.

믿기 힘든 일이다. 그렇지 않은가?

그와 결혼하면서 나는 사랑과 무사태평 속에서 영원히 살게 되리라 생각했다. 미친 듯이 웃다가 뇌동맥류가 파열되는 것과 같은 끔찍하고 황당한 일이 삶에서 실제로 일어나리라고는 상상조차 하지 못했다. 그는 서른넷의 나이에 무스카트의 하얏트 호텔에서 나와 마주 앉은 채 그렇게 죽었다.

샐러드 접시에 얼굴을 처박는 그의 모습을 보며 내가 느낀 것은 필설로 다할 수 없는 고통이었다. 마치 애플 코어러가 몸 중앙에 박혀 단번에 영혼 전체를 앗아 가는 것만 같았다. 거기서 달아나거나 자비로운 혼절이라는 무감각 상태로 빠져들었다면 좋았겠지만, 나는 차분하게 식사를 하는 사람들에 둘러싸여 포크를 든 채로 그저 의자에 못 박힌 듯 앉아 있었다.

그 순간……. 1초 전도 아니고 정확하게 그 순간부터, 내 삶은 그야말로 똥이 되어버렸다.

엿 같은 삶은 순식간에 전속력으로 내달렸다. 있을 법하지 않은 경찰서에서 더위에 미칠 지경인 두 딸아이와 함께 여행

가방들에 둘러싸여 술탄국 경찰들의 부담스럽고 거만한 눈길을 받으며 몇 시간이고 기다리는 것이 그 시작이었다. 아직도 밤마다 악몽을 꾼다. 여권을 움켜쥔 채 목이 말라 징징대는 두 딸을 달래가며, 아랍어에 능숙한 내가 알아듣지 못하리라 생각하고 내뱉는 경찰들의 모욕적인 지적에 비굴한 미소로 대응하는 내 모습을 본다.

남편의 시신을 본국으로 송환하는 일이 너무나 복잡했기 때문에, 건방지기 짝이 없는 공무원은 우리 신용카드로 터무니없는 비용을 치르게 하고는 그 지역에서 이교도를 받아주는 유일한 곳인 '페트롤리엄 세머트리'에 그를 매장해도 좋다는 허가장을 내주었다.

이렇게 해서 스물일곱 살의 나는 두 살배기와 막 태어난 딸과 함께, 수입도 집도 없이 홀로 남게 되었다. 우리는 한 달도 채 지나지 않아 센강이 내려다보이는 레누아르가의 아름다운 아파트에서 쫓겨났고, 우리의 아름다운 가구들을 팔아야 했다. 가죽 시트가 장착된 우리의 메르세데스는…… 전과가 많은데도 남편이 운전기사로 써준 늙은 꼽추 색정광이 내 딸들과 나를 공증인 사무실 앞에 내려준 뒤 가지고 튀어버렸다.

이런 식으로 불행이 줄줄이 이어지자 나는 얼마 안 가 정신

줄을 놓아버렸다. 그 전부터도 이미 나 자신과 줄기차게 대화를 나누는가 하면 꽃을 집어먹는 기벽이 있던 터였다. 그러던 어느 날 오후, 나는 프랑수아 1가에 있는 셀린 매장에 들러 머리끝에서 발끝까지 새 옷으로 갈아입은 뒤 아무나 들으라는 듯 "또 봐요. 계산은 나중에 할 테니 달아두고!"라고 발랄하게 소리치고는 몽유병 환자처럼 나와버렸다. 문을 나서기 전에 귀에 이어마이크를 꽂은 딱한 흑인 경비원 둘이 나를 덮쳤다. 나는 그들을 피가 날 때까지 때리고 물어뜯었다. 그들은 나를 곧장 정신병원으로 끌고 갔다.

정신병원에서 나는 누군가 구하러 와주기를 간절히 기다리며 먼바다를 집요하게 바라보는 조난자처럼 과거의 삶을 돌아보면서 1년 반을 보냈다. 사람들은 나더러 죽은 사람은 이제 잊으라고 했다. 마치 내게 그가 어떻게든 벗어나야 하는 질병이라도 되는 것처럼. 하지만 나는 그럴 수가 없었다.

새로운 삶을 향해 돌아서지 않을 수 없었던 건, 당시 너무 어려서 멋진 아빠를 조금도 기억하지 못하는 어린 두 딸 때문이었다. 어쨌거나 내게 선택의 여지가 있기나 했을까? 남편이 죽고부터 나는 하루하루를, 한 달 한 달을 셌다. 그러다 어느 날, 나도 모르게 세는 일을 그만두었다.

나는 성숙하고, 슬프고, 전투적인 새로운 여자가 되었다.

홀수인 존재, 짝이 없는 양말, 죽은 포르트푀 씨의 아내 파티앙스 포르트푀 부인이 되었다.

나는 내게 남은 과거의 것들…… 내 반지들, 거대한 파라이바 전기석, 핑크색 사파이어, 팬시 블루와 핑크로 이루어진 작은 '투아 에 무아'[10], 오팔 드 푀[11]…… 어린 시절부터 늘 나와 함께했던 그 모든 색깔과 이별했다. 그것들을 모두 팔아 파리 벨빌로 갔고, 거기서 옆집 마당이 내려다보이는 음산한 방 세 개짜리 아파트를 마련했다. 낮에도 밤이 거하는, 색깔들이 존재하지 않는 구멍 같은 곳이었다. 건물도 마찬가지였다. 1920년대에 붉은 벽돌로 올린, 날림으로 지어 마무리가 엉성하고 낡을 대로 낡은 그 공영주택은 종일 한 층에서 다른 층으로 고함을 질러 서로를 불러대는 중국인들에게 서서히 점령되어갔다.

이어 나는 일도 하기 시작했다. 그렇지, 일……. 어떤 악의에 찬 실체에 의해 '귀하'라는 총칭 바깥으로 쫓겨나기 전까지 나는 일이라는 걸 몸소 해본 적이 없었다. 온갖 종류의 사기에 관한 전문 지식과 아랍어 박사학위 말고는 세상에 내놓

---

10 두 개의 보석으로 만든 반지. 나폴레옹이 조세핀에게 진정한 사랑의 의미를 담아 선물한 약혼반지로 유명하다.

11 오렌지색 또는 붉은색의 투명한 단백석 광물.

을 게 아무것도 없던 터라, 나는 법정 통번역사가 되었다.

물질적 전락을 겪은 뒤로는 사회적 신분 하락에 대한 히스
테릭한 두려움 속에서 딸들을 키울 수밖에 없었다. 교육비로
지나치게 많은 돈을 지출했고, 딸들의 성적이 안 좋을 때마다,
구멍 난 진을 입고 다니거나 머리카락에 기름이 끼어 있을 때
마다 고함을 질러댔다. 당당하게 말하건대, 나는 아주 신경질
적인 엄마, 자상한 구석이라고는 찾아볼 수 없는 엄마였다.

박식한 두 딸은 훌륭하게 학업을 마치고 지금은 3차 산업
의 일꾼으로 일한다. 그들이 직장에서 하는 일을 나로서는
이해할 수 없다. 그들이 몇 번이나 설명을 해주려고 시도했
지만, 솔직히 나는 듣는 시늉만 했을 뿐 도중에 이해하기를
포기해버렸다. 진정으로 존재하지도 않고, 세상에 보탬이 되
는 어떠한 가치도 가져다주지 않는 거시기들을 만들어내기
위해 종일 컴퓨터 모니터 앞에 앉아 시들시들 메말라가는 엿
같은 일이라고만 말해두자. 그들의 직업적 경력은 오렐상[12]
이 랩으로 비꼰 것과 비슷하다. "대학 입학하고 8년 공을 들
여도 정규직 하나 꿰차는 사람이 없네. 내 피자 배달부는 인

---

12 프랑스의 힙합 가수.

공위성도 수리할 줄 안다네!"

어쨌거나 나는 내 두 딸이 자랑스럽다. 그들이 배를 주린다면 나는 그들에게 먹을거리를 제공하기 위해 두 팔이라도 자를 것이다. 하지만 솔직해지자. 우리는 서로에게 할 말이 별로 없다. 그러니 더는 그들 얘기는 하지 않을 생각이다. 내가 그들을 진정으로 사랑한다고, 그들이 정말 대단하고 성실하다고, 징징대는 일 없이 언제나 자신들의 운명을 받아들였다고 큰소리로 당당하게 선언하려는 게 아니라면 말이다. 사실 내 경우는 전혀 그렇지 못했지만, 이제 불법을 자행해온 사기꾼 집안의 대는 나를 마지막으로 끊길 것이다.

내가 정신병원에서 나왔을 때 내 모든 반지를 넘겨받아 팔아준 경매인은—"아주 까다로운 수집가 P 부인의 보석함을 경매에 부칩니다"—나를 아주 부유한 사람으로 여겼는지, 그 뒤로도 매년 내게 예쁜 보석과 멋진 장식품으로 가득한 카탈로그를 보내주었다.

모두가 잠자리에 들고 집 안이 마침내 조용해지면(나는 주로 거실 소파에서 잤다), 난 기뇰레 키르슈[13] 한 잔을 따라놓고 책상

---

13 체리로 담근 붉은색 리큐어.

앞에 앉곤 했다. 거기서 종교의식이라도 치르듯 경건한 마음으로 그 호사스러운 카탈로그들을 한 장 한 장 넘겨 각각의 사진과 해설을 꼼꼼하게 살피며 '모든 게 불타고, 네가 거액의 보험금을 탄다고 상상해봐' 놀이를 했다. 나는 오래된 것들을 무척 좋아한다. 그것들은 수많은 사람이 지나가는 것을 보았으니까. 새 물건들과 달리, 그것들은 아무리 쳐다봐도 지루하지가 않다.

깊디깊은 슬픔 속에서도 이렇게 작고 세세한 즐거움을 통해 내가 언제나 긍정적인 생각들에 다가갈 수 있었다는 것을 이제야 깨닫게 된다. 자살을 생각할 정도로 절망에 빠지는 것도 나로서는 결코 가져본 적 없는 영혼의 힘이 있어야 가능하다.

요컨대, 그렇게 해서 나는 내가 소중하게 여겼던 모든 것을 팔아치운 지 20년이 훌쩍 지난 뒤에야 1만에서 1만 5,000유로를 호가하는 〈어린 불꽃놀이 수집가〉와 우연히 맞닥뜨렸던 것이다.

당연히 나는 그것을 손에 넣고 싶었다.

경매일이 되어 샹젤리제 거리 아래쪽에 있는 최고급 경매장 '아르퀴리알'을 방문했을 때, 나는 두려워 죽는 줄 알았다. 물건을 손에 넣지 못하면 어쩌지? 경매가가 너무 치솟으면 어쩌지? 잘 차려입고서 돈으로 장난을 치는 그 모든 사람들이 분필이라도 칠한 듯 창백한 안색에 허연색 초라한 정장 차림의 내 모습을 보고 공금이라도 횡령한 것으로 의심하면 어쩌지?

내 사진이 경매에 부쳐질 때까지 나는 뒤로 물러나 있었다. 마침내 벨베데르 호텔의 테라스를 찍은 가로 50에 세로 40센티미터의 진본 컬러사진이 나왔다. 사진 속의 돌과 유리, 밝은색 목재 가구, 집기와 질료 등이 전형적인 1970년대의 것이었다. 배경에 막 터지기 시작한 불꽃 하나가 보였다. 기억은 가물가물하지만, 하늘이 아직 짙푸른 것으로 보아 불꽃놀이가 막 시작된 모양이었다. 오드리 헵번은 붉은 목련이 수놓인 지방시 원피스 차림었다. 그녀의 얼굴이 내 얼굴과 꼭 붙어 있었고, 사진 전면에는 내 멜바 딸기가 놓여 있었다. 모든 것이 정확하게 제자리에 있었다. 영원히 고정된 순간의 절대적 완벽이었다.

"240번 경매물은 줄리어스 슐만의 작품으로, 그가 일반적으로 찍어온 캘리포니아 빌라 사진들과는 뚜렷이 구별되는 단 한 장의 미발표 사진, 1972년작 〈어린 불꽃놀이 수집가〉입니다. 이 사진은 오드리 헵번에게 제공된 진본으로, 폴 게

티 재단의 소장품 목록에는 속해 있지 않습니다. 여러분 모두 푸른색 눈을 가진 아리따운 금발 소녀와 나란히 앉은 오드리 헵번을 알아보실 수 있을 겁니다. 시작가는 1만 유로입니다. 1만 1,000, 1만 1,500, 1만 2,000, 1만 3,000······."

나는 공황 상태에 빠져들었다······. 소리치고 싶었다······. "멈추세요, 금빛 피부를 가진 저 어린 소녀가 바로 나예요!······ 내가 어떻게 변해버렸는지 좀 보세요······. 제발 저것만이라도 나한테 남겨줘요······."

호가는 1만 4,500유로에서 진정되었다. "하나, 둘······." "1만 5,000!" 내가 소리쳤다. "저기 안쪽 부인, 1만 5,000." 나보다 높은 가격을 부르며 계속 쫓아오던 내 딸 또래의 사내가 결국 포기하겠다는 신호를 보냈다.

나는 각종 비용까지 포함해 총 1만 9,000유로를 내고 그 사진을 손에 넣었다. 법정에서 한낱 통번역사로 일하는 내가, 평생 한 번도 은행 빚을 져본 적이 없다고 자부하던 내가 사진 한 장에 무너지고 말았다.

나는 내 보물을 품에 고이 안고 집으로 돌아와 책상 맞은편에 걸어두었다. 딸들은 내가 왜 갑자기 쾌활한 금발 소녀의 사진을 사서 오렌지색 꽃무늬가 박힌 분홍색 양탄자를 제외하고는 음산하기 짝이 없는 아파트 거실에 걸어두는지 도무지 이해하지 못했다. 게다가 내가 그 사진을 사기 위해 5년 상환 대출까지 받았다고 털어놓았다면, 아이들은 아마 날 미친 여자로 여겼을 것이다. 아이들은 그 금발 소녀가 나이리라는 생각은 꿈에도 하지 못했다.

슬프게도 그랬다.

나는 통번역사 일을 경범죄 즉결심판 법정에서 시작했다.

이 일을 막 시작했을 때의 나를 봤다면, 누구라도 내가 그 일에 얼마나 성심성의껏 임했는지 알 수 있었으리라. 나는 내가 꼭 필요한 사람이라 믿었고, 피의자들이 판사에게 말하고 싶어 하는 모든 것을, 뉘앙스와 어조까지 열의를 다해 통역했다.

이건 알아둬야 하는데, 나는 내가 통역을 해준 아랍인들에게 무한한 연민을 느꼈다. 그들은 극도로 가난하며 배운 게 거의 없는 사람들, 존재하지 않는 엘도라도를 찾아 고향을 떠났다가 굶어 죽지 않기 위해 자잘한 뒷거래나 보잘것없는 도둑질로 내몰린 불쌍한 이주 노동자들이었다.

하지만 머지않아 내가 전하려고 애쓰는 뉘앙스나 어조 따위는 아무도 신경 쓰지 않는다는 사실을 깨닫게 되었다. 통번역사는 신속한 처벌에 필요한 형식적인 도구에 불과했다. 재판이 진행되는 동안 법관들이 어떤 식으로 이야기하는지만 봐도 알 수 있다. 통번역사가 통역을 잘하든 못하든, 다시 말해 피고인이 그들의 말을 이해하든 못 하든, 그들의 어조는 눈곱만큼도 달라지지 않는다.

그들은 나를 인권을 보호한답시고 끼어든 필요악쯤으로 인식했다. 그 이상은 결코 아니었다. 내게 말을 건네는 것도 마지못해 하는 둥 마는 둥이었다. "통번역사 왔습니까? 아, 왔군요, 그럼 시작하죠. 피고인은 정해지지 않은 기간 동안 파리에 불법으로 체류하면서…… 어쩌고저쩌고……" 하는 식으로, 숨도 쉬지 않고 10분 동안 말을 이어가곤 했다.

마구 날아다니는 말 중 겨우 낚아채 귀에 담은 내용의 100분의 1이라도 통역하기 위해 나사 빠진 로봇처럼 분주하게 설쳐대는 동료 통번역사들에게는 특히나 딱한 일이었다. 언젠가는 한 통번역사가 자신이 맡은 불쌍한 사슴이 아무것도 이해하지 못한 채 눈만 껌벅거리고 있는 게 안타까워 불손하게도 잠시 설명해줄 시간을 달라고 요청한 적이 있는데, 판사는 짜증 가득한 표정을 짓더니 '잠시 속으로 유행가나 흥얼거리고 있을 테니 잘해보쇼'라는 태도로 눈을 감았다. 물론 그 통번역사는 까다로운 사람으로 찍혔고, 더는 법정에서 볼 수가 없었다.

나는 통번역을 열심히 해보겠다는 마음을 금세 접었다.

내가 맡은 사람이 정말 안쓰러워 보이면, 판사가 쉬지 않고 지껄이는 사이 그에게 아랍어로 이렇게 귀띔하곤 했다. "저 개새끼들이 듣고 싶어 하는 말을 해주고 후딱 끝내요. 하루라도 빨리 고향으로 돌아가고 싶어서, 비행기표 살 돈 마련하려고 도둑질을 했다고 해요."

피의자 여러 명이 연루되고 도청 자료까지 프랑스어로 번역해야 했던 복잡한 사건의 경우, 가장 안됐다고 여겨지는 사람들을 보호하기 위해 심지어 이야기를 처음부터 끝까지 지어낸 적도 있었다. 하지만 반대로 내가 그들을 엮어 넣을 수도 있었다. 특히 그들의 딱한 아내들을 보호하기 위해서라면. 대부분은 남편에게 착취당하는 젊고 순진한 여성들이었다. 도청 자료를 통해 그들의 구역질 나는 사생활을 속속들이 알아서 하는 말인데, 매춘부나 정부를 여럿 거느린 그 엿같은 남편들은 그들을 개처럼 대했고, 사업용 휴대전화를 개통하거나 고 패스트[14]를 사거나 세탁한 돈으로 부동산을 구

---

14 마약을 운반할 때 사용하는 고속의 차량을 뜻한다.

매하면서 아내의 명의를 도용하는 뻔뻔한 짓거리도 마다하지 않았다. 나는 그 여자들에게 도청 내용을 들려주었다. 당나귀처럼 세탁 가방을 짊어지고 일주일에 두 번씩 교도소 면회실을 찾는 일을 당장 때려치우게끔, 그들이 얼마나 멍청한 년 취급을 받았는지 알려주었다.

나를 고용한 법무부는 나에게 불법 임금을 지불했고, 어떠한 세금 신고도 하지 않았다.

그건 정말이지 업보를 쌓는 일이었다.

생각해보면, 아닌 게 아니라 정말 끔찍하다. 국가의 안전을 어깨에 짊어진 번역가, 지하실이나 차고에서 이슬람주의자들이 꾸미는 음모를 직접 번역해내는 사람들이 사회보장도 연금도 받지 못하는 불법 노동자라니! 솔직히, 청렴을 입에 올리려면 좀 제대로 해야 하는 것 아닌가?

부패한 내가 보기에도 정말이지 어깨가 처지는 일이었다.

처음에는 법원 돌아가는 꼬락서니가 우습기 짝이 없었다. 그러다가 언제부턴가는 전혀 우습지 않았다.

구속에 대한 손해배상 재판에서 한 불쌍한 알제리인을 도운 적이 있다. 죄 없는 사람의 인생을 망쳐놓은 것에 대해 국가가 지불해야 하는 배상액을 두고 다투는 민사재판이었다. 그날, 그 오심의 행렬은 '무죄로 풀려났으면 됐지, 뭘 또……' 라며 빈정대는 듯한 눈길로 억울한 이들을 노려보던 유달리 악랄한 판사 앞에서 이루어졌다.

문제의 아랍인은 건설 노동자로, 한 미친 여자가 거주하는 건물의 전면 외벽 작업을 하던 중 강간 혐의를 받아 2년 반 동안 구속되어 있다가 그 미친 여자가 고소를 취하한 뒤 상급법원에서 무죄를 선고받고 풀려난 터였다.

재판 한 시간 전, 마침내 가슴에 담고 있던 모든 것을 쏟아낼 기회가 왔다고 생각한 그는 내 바짓가랑이를 붙들고 그 순간이 자신에게 얼마나 중요한지 설명하고 또 설명했다. 죄수들로 우글대는 구치소의 열악한 환경, 그처럼 무죄를 주장하는 사람들에게 가해지는 공동 수감자들의 가혹 행위, 일주일에 두 번으로 제한된 샤워, 아이들을 데리고 아프리카의 고향으로 가버린 아내, 그와는 더는 말을 섞지 않는 가족, 계약 기간이 끝나버린 주거지……. 그에게는 할 말이 너무나 많았다. 한 예심판사가 아무 증거 없이 그를 30개월 동안 구치소에 유치해 그의 삶을 엉망으로 만들어놓은 것에 사과하는 의미에서라도, 법정은 적어도 5분쯤은 그의 말에 귀를 기울일 수도 있었을 것이다. 하지만 천만의 말씀. 재판장은 경멸스럽다는 듯 불쑥 그의 말을 끊었다. "당신은 당시 불법으로 일을 했어요. 따라서 당신에게는 무엇이든 요구할 권리가 없습니다. 우리에게 당신은 존재하지도 않았다고요!"

나는 너무나 부끄러워 차마 그 말을 아랍어로 옮길 수가 없었다. 그 아랍인을 마주 쳐다볼 수조차 없었다. 그래서 몇 마디 웅얼거리기 시작하는데, 이런 얘기가 저절로 튀어나왔다. "재판장님, 저 역시 불법으로 일하고 있습니다. 그것도 법무부에서요. 따라서 저도 존재하지 않으니 당신 혼자 잘해보시죠!" 그러고는 재판 도중에 뛰쳐나와 버렸다.

이렇게 환멸을 느끼기는 했지만, 직업적으로 나는 꽤 잘나갔다. 모르긴 몰라도 동료들끼리 꽤나 수군댔던 모양이다. 저렇게 잘나가는 것을 보면 틀림없이 이런저런 사람들과 잤을 거라고. 돌고 돌아 내 귀에 들려온 이야기는 그보다 훨씬 상스러웠다. 나하고 같이 잔 형사들의 거시기를 이어놓으면 몇 킬로미터는 족히 될 거라나 뭐라나.

다양한 부서에서 맡아 진행하는 사건의 도청 자료나 보호 유치자의 증언을 프랑스어로 옮기기 위해, 어느 통번역사를 부를 것인가를 결정하는 형사의 수로만 계산하자면 아마 맞는 말일 수도 있을 것이다. 이 직종에 종사하다보면 온갖 종류의 사람들을 만날 수밖에 없으니까. 통번역사가 되기 위해서는 '정의에 이바지하겠다는 맹세'만으로 충분하다. 다만, 프랑스어와 독일어만큼이나 서로 다른 아랍어 방언이 열일곱 개나 되는데도 북아프리카 출신의 프랑스어 통역사 다수가 자기들 부모가 사용하는 방언밖에 모른다는 사실을 알아둬야 한다. 대학에서 아랍어를 진지하게 공부한 사람이 아니고서야 그 방언들을 모두 알기란 불가능하다. 달리 말해, 시리아인이나 리비아인의 통화를 도청한 자료의 번역을 모로코 출신의 여성 모델이나 형사와 결혼한 튀니지 여성, 경찰서장의 운동 코치로 일하는 알제리인에게 맡기는 건 좀…… 뭐랄까……. 비판하려는 게 아니라, 그냥 알고나 있으라고 하는 말이다.

나는 내 성공이 내 가용성, 무엇보다 내 이름 '파티앙스 포르트푀' 덕분이라고 생각한다. 테러가 발생해 모든 아랍인이 잠재적인 테러리스트로 의심받게 된 이후로는 특히 더. Quis custodiet ipsos custodes? (감시자는 누가 감시할 것인가?) 아랍인 통번역사를 도청할 사람이 누가 있을까? 아무도 없다! 나는 그저 그들과 그들의 자식들을 향해 던져지는 무례한 언사들이 들리지 않기를 기도할 뿐이다. 인종차별적이고 편집증적인 사회가 이방인들을 신뢰할 수밖에 없다니, 그야말로 코미디 아닌가!

그들은 내게 일을 맡기기 위해 쉬지 않고 전화를 해댔다. 거의 25년 동안 나는 일을 해달라는 제안을 한 번도 거절해본 적이 없다. 심지어 아플 때조차도. 일 하나는 똑소리 나게 한다고 소문이 났는지, 그들은 내가 선호할 만한 사건들만 골라서 제안해왔다. 나머지는 아직 미숙한 통번역사들에게 돌아갔다.

이렇게 해서 나는 즉결심판 피고인이나 보호 유치자의 통역 대신 마약 단속반과 강력반의 수사 과정에서 이뤄지는 전화 도청에 점차 집중하게 되었고, 그로써 그 모든 잡범의 한탄에서 벗어날 수 있었다. 그 잡범들은 수갑을 찬 채, 권위를 가진 사람들 가운데 처음이자 유일하게 자신들의 언어를 구사하는 내게 자신들이 느끼는 좌절감을 털어놓곤 했다. 좌파 부르주아 가부장주의자들과 달리 나는 스스로의 존재감을 확인하기 위해 착한 아랍인들을 괴롭혀댈 필요가 없었으니까. 세상 어디나 그렇듯, 그들 중에도 온갖 종자가 다 있다. 존경할 만한 자가 있는가 하면 때려죽이고 싶은 놈도 있고, 글깨나 읽은 진보주의자가 있는가 하면 일자무식인 아프리카 오지 촌놈도 있다. 하지만 자잘한 범죄를 저지르더라도 고향으로 돈을 보내주길 바라며 마을 전체가 힘을 모아 프랑스로 보내는 만큼, 그 젊은이들 대부분은 타국에서 길을 잃고 고립된 사람들이다.

한때는 대테러 작전에 뛰어든 적도 있었다. 하지만 밤마다 끔찍한 악몽에 시달리는 바람에 금방 그만두었다. 나이가 들수록 폭력을 점점 더 견디기 힘들어진다……. 마치 내가 존재하지 않는 양 바로 내 코앞에서 형사들이 난투극을 벌이고…… 여성 피의자에게 "더러운 배신자년"이나 "아프리카 갈보년" 운운하는 욕설과 함께 얼굴에 침까지 뱉고…… 강권적인 체포 작전을 펼치면서 방탄조끼조차 입지 않은 나를 문 앞으로 떠밀어 아랍어로 "경찰이다. 당장 문을 열지 않으면……"이라고 외치게 하고…….

이 모든 게 곧 넌더리가 났다.

나는 주로 오르페브르 강변로 36번지에 있는 사무실에서 낭테르 중앙 마약 밀매 단속국이나 사법경찰 2국을 위해 도청 자료들을 번역했다. 디지털 기술이 하루가 다르게 발전하는 데다 내가 아랍어를 할 줄 아는 프랑스인 파티앙스 포르트퍼, 다시 말해 의심할 여지가 전혀 없는 사람이었기에, 그들은 내가 재택근무를 하며 개인 컴퓨터로 오디오 파일들을 해독하게 내버려두었다. 그래서 엄마가 발작을 일으켜 요양 병원에 입원하고 두 딸이 현명하게도 잔소리만 해대는 나를 피해 나가 살기로 한 이후로, 나는 히키코모리처럼 홀로 집에 틀어박혀 지냈다.

엄마가 입원하고부터, 나는 매달 노인 요양 병원에 지불해야 하는 3,200유로를 벌기 위해 마약 딜러들의 어이없는 대화를 엿듣고 번역하는 일에 뛰어들었다. 악착같이 일을 하면 번역도 돈이 되니까. 최초 한 시간은 42유로, 그다음부터는 시간당 30유로……. 시간 관리만 제대로 하면 금세 꽤 큰 액수에 도달하게 된다. 하지만 머리가 멍할 정도로 가득 채워진다. 대부분 끔찍한 것들로. 경찰이나 법관들이 마주하기에 앞서 인간의 악행을 걸러내는 게 통번역사들의 일이다보니 그럴 수밖에.

특히 한 보복 사건을 수사하는 과정에서 청취했던 핸드폰 녹음 내용, 죽음에 이를 정도의 고문들이 떠오른다. 당시 경찰이 나에게 심리학자를 급파한 것은 나를 다독이기 위해서 였을까? 어쨌거나 정말이지 끔찍했다.

"파티앙스 잘 달래서 번역 서두르게 해……."

내가 그들 모두에 대해 진저리를 치는 수많은 이유 중 하나다.

그쪽 일을 하다 보니 특히 형사들과 교류가 많았다. 대부분은 영화에서 묘사되는 것과 비슷한 사람들이다. 직장이든 가정이든 뭐 하나 제대로 돌아가는 게 없으니 늘 잔뜩 화가 나 있고, 배우자가 떠나버린 지 오래라 위생이 한심할 지경이며, 퇴근 후 저녁 시간은 혼자 술을 퍼마시거나 홀몸이 된 슬픈 표정의 무던한 아줌마들과 싸구려 술 몇 잔 꺾는 것으로 요약된다. 나는 법이 허락하는 대로 나를 '고故 포르트푀의 아내 파티앙스'로 부르게 함으로써 늘 그들과 거리를 두었다. 다들 놀란 표정을 짓기는 했지만, 어쩌겠는가, 그렇게라도 존중받을 수밖에.

나는 홀몸이 된 슬픈 표정의 무던한 아줌마가 아니라 버젓한 부인이니까.

내가 아주 좋은 조건으로 일을 할 수 있게 된 것은 이혼하고 아들과 함께 사는 형사 필리프 덕분이다. 어느 날 나는 낭테르 중앙 마약 밀매 단속국의 지원 요청을 받고 그곳에 들렀다가 그를 만났다. 정확히는 슈퍼마켓 계산대에서. 그는 플라스틱 용기에 담긴 핫도그 여러 개를 계산하고 있었다. 나는 결코 그런 곳에서 남자를 유혹하는 부류의 여자가 아니다. 하지만 미리 썰어놓은 작은 빵에 끼워진 그 소시지들을 보자 나도 모르게 웃음이 나왔다. 그에게 이렇게 말하지 않을 수 없었다. "아, 죄송해요, 누가 저런 걸 사 먹을 수 있는지 늘 궁금했거든요." "이혼한 형사가 먹죠." 그가 웃으며 대답했다. 우리는 호감을 나눴고…… 얼마 지나지 않아 같이 잤다.

그들이 끊임없이 날 찾게 된 것은 내 노력의 결과지만, 전적인 신뢰를 얻어 시급을 받으며 재택근무를 할 수 있었던 것은 순전히 그의 덕분이다.

그는 나에게 좋은 것들만 주었다. 나는 그에게 아주 심술궂게 굴었지만, 그런 태도에는 온갖 시련에도 끄떡없는 그의 너그러움이 단단히 한몫을 했다.

2

말하라, 그대는 무엇을 보았는가?

- 1387번 통화: 아리보가 코르텍스에게 주주가 전화를 받지 않으니 연락해보라고 함. - 1488번 통화: 코르텍스가 주주에게 거시기를 올리라고 요구함. - 1519번 통화: 주주가 초콜릿은 떨어졌지만, 녹색은 있다고 말함. - 1520번 통화: 주주가 코르텍스에게 열둘 중 둘, 그리고 샐러드 하나를 갖다 달라고 함. - 1637번 통화: 아리보가 노란 것 1,000유로어치를 주문하고 30분 뒤 그에게 꼬마를 보냄. - 1692번 통화: 아리보는 강베타 광장에 있지만, 꼬마는 없음. - 1732번 통화: 뇨키가 그에게 디스크 열 개를 요구. 코르텍스가 30분 후에 치차 르 발보아로 그를 만나러 가겠다고 함……

이런 걸 끝없이 번역했다. 쇠똥구리처럼 하고 또 했다. 검은 빛깔에 몸집이 작고 다부진 이 곤충은 앞발을 사용해 똥을 둥글게 말고는 온 힘을 다해 앞으로 굴린다. 그 작디작은 벌레의 일상은 장장 25년에 걸친 나의 일상만큼이나 열정적이다. 벌레는 둥글게 만 똥을 밀고, 놓쳤다가도 다시 붙든다. 그것에 짓눌리기도 하지만, 어떠한 장애와 우여곡절을 만나도 절대 포기하지 않는다……

나의 직업적인 삶…… 아니, 그냥 내 삶이 그랬다. 나는 주로 일을 하며 시간을 보냈으니까.

드물게 시내에서 저녁을 먹다가 직업에 관해 얘기하는 경우가 생기면, 사람들은 하나같이 내가 엿듣는 대화에 대해 큰 호기심을 보이곤 했다. 〈여행〉이라는 시에서 보들레르가 말한 것처럼.

(……)

그대의 풍성한 기억이 담긴 보석 상자를 우리에게 보여다오,
별과 에테르로 만들어진 그 경이로운 보석들을.

우리는 증기도 돛도 없이 여행하길 원하노니!
우리 감옥의 권태를 달래기 위해
화폭처럼 팽팽하게 당겨진 우리 정신 위에,

수평선을 그림틀 삼아 당신의 추억을 펼쳐놓아라.

말하라, 그대는 무엇을 보았는가?

아무것도! 나는 아무것도 못 봤다. 왜냐하면…… 왜냐하면 정말이지 볼 게 아무것도 없으니까.

처음에는 내 삶에 영향을 미칠지 모를 어떤 의미를 찾아 박물학자의 관심을 가지고 뭐가 뭔지 알 수 없는 그 대화들을 엿들었다. 하지만 빵집 같은 곳에서 흔히 들을 수 있을 만한 내용 말고는 아무것도 없다. "무엇으로 드릴까요?" "이거랑 또 뭐?" "다 골랐어요?"

마약 딜러들의 대화를 얼마나 엿들었는지, 그들에 대해서라면 박사논문이라도 써낼 수 있을 것이다. 나는 그만큼 그들을 잘 안다. 그들의 변변찮은 삶은 라데팡스[15]에서 일하는 여느 회사 간부의 그것과 비슷하다. 다시 말해, 뻔하기 짝이 없다.

그들은 보통 두 대의 전화기를 사용한다. 하나는 '비즈니스'용으로 번호가 매번 바뀌고, 다른 하나는 '할랄'[16]용으로

---

15 파리 외곽의 상업지구.
16 이슬람 율법에 의해 무슬림이 먹거나 쓸 수 있도록 허용된 제품.

사생활에 사용하기 때문에 번호가 비교적 오래간다. 문제는 그들이 그 두 대의 전화기로 같은 사람에게 전화를 거는가 하면, 본인이 어떤 전화기로 전화를 했는지 자주 혼동한다는 데 있다. "어이, 형제, 살람 알레이쿰, 치차로 10 가져다줘……." 상대방은 아무 말 없이 전화를 끊어버린다. 두 번, 세 번 통화를 시도해도 전화를 받지 않는다. 문자메시지. "어이, 친구, 내 전화 안 받으면 안 되지……. 앗, 젠장…… 음, 이따 다른 걸로 다시 걸게." 이런 식으로 할랄 번호가 들통나는 것이다. 그러면 우리는 그들이 정체를 숨기기 위해 사용하는 멍청한 별명으로 그들을 부르지 않는 아빠, 엄마, 형제, 누이들의 통화를 조회해 재빨리 할랄 번호의 명의자를 찾아낸다.

경계심이 아주 강해서 왓츠앱, 텔레그램 혹은 블랙베리 PGP로만 소통하는 놈들조차 크게 소리를 질러대고 싶은 욕구를 억누르지 못해 고전적인 방식으로 전화 통화를 하지 않을 수 없고, 그 멍청한 짓으로 자기들의 멍청한 정체를 드러내고 만다.

평일 그들의 하루는 오후 2시쯤 시작해서 새벽 3시경에 끝난다. 일과는 스쿠터나 소형자동차를 타고 마약 재보급 및 판매 장소, 그리고 골목 으슥한 곳의 케밥 가게나 스포츠센터에 있는 사무실 사이를 오락가락하는 것으로 요약된다.

만에 하나 그들의 활동을 몰래 촬영하는 임무가 나에게 주어진다면 루이 암스트롱의 〈왓 어 원더풀 월드〉를 그 영상의 배경음악으로 깔겠다.

그들의 대화는 모두 돈을 둘러싸고 이뤄진다. 그들이 돌려받아야 할 돈, 마땅히 손에 쥐었어야 했을 돈, 손에 쥐길 꿈꾸는 돈……. 그 돈을 그들은 주말에 나이트클럽에서 탕진해버린다. 그들과 마찬가지로 고객을 상대하는 라데팡스의 회사 간부들처럼. 다만 한 가지, 한 병에 1,000유로짜리 샴페인이 서빙되면 그들은 그것을 홀랑 뒤집어 양동이에 부어버린다는 점이 다르다. 그들은 술을 안 마시니까. 나이트클럽 출구에서 싸움판이 벌어지는 일도 종종 생긴다. 그러면 경찰이 득달같이 달려와 먼저 시비를 건 게 그들인지 아니면 회사 간부들인지 따지지 않고 모조리 잡아간다.

겨울이면 그들은 그들의 고객들처럼 태국, 특히 푸켓을 찾는다. 하지만 고객들과는 다른 곳, 그들이 센생드니의 쿠르뇌브에 있는 구역의 이름을 따 '레 카트르 밀'[17]이라 부르는 파통에서 시간을 보낸다. 태국 사람들은 그들을 '프렌치 아라

---

17 4,000을 뜻한다.

말하라, 그대는 무엇을 보았는가? · 51

비크'라 부른다.

그곳에서는 휴가만 즐긴다. 마약은 걸리기만 해도 20년형이 떨어지기 때문에 절대 거래를 하지 않는다. 여름은 아프리카의 고향에서 가족과 부대끼며 보낸다. 거기서도 똑같은 이유로 거래는 하지 않는다.

그들이 좋아하는 영화는 〈분노의 질주〉 1, 2, 3…… 8과 〈스카페이스〉다. 자유의 몸이든 감옥살이를 하든, 그들 모두 SNS를 한다. 하버드를 졸업해 루이뷔통에서 일한다고 자신을 소개한다. SNS에서 그들은 위대한 진리들을 공유하는데, 자세히 들여다보면 이슬람 수니파의 교리(주로 일부다처제와 관련된 부분), 토니 몬타나[18]의 컬트적인 대사, 그리고 유튜브에서 5억 뷰를 넘어서는 래퍼들의 가사가 마구 뒤섞여 있다.

세상 모든 장사꾼이 그렇듯 그들 역시 자아성찰에 있어서는 완전히 꽝이다.

……앤드 아이 싱크 투 마이셀프 왓 어 원더풀 월드……

전혀 안 그럴 것 같지만, 나도 그들 중 몇몇에 대해서는 애정 비슷한 걸 품고 있다. 내 아버지가 실천했던 우파 무정부주의를 떠올리게 하는 데다, 그처럼 '돈'이라는 보편적인 언

18 영화 〈스카페이스〉의 주인공 이름.

어로 말하니까.

그렇게 나는 얼마 전부터 마약 단속국을 위해 '프렌치 아라비크'들이 아무도 못 알아들으리라 지레짐작하며 나누는 대화, 생전 처음 들어보는 요상한 아랍어가 섞인 대화를 도청해 프랑스어로 번역하는 일을 하고 있었다.

나는 일반적으로 너덧 가지 사건을 동시에 진행한다. 사건 수사는 대부분 자기 사업을 시작하려는 경쟁자의 밀고나 집 아래 골목을 어슬렁거리는 딜러들의 모습에 신물이 난 시민의 제보로 시작된다.

그중 모로코 출신인 도청 대상자들이 오로지 아랍어로만 대화를 나누어 나에게 평소보다 훨씬 많은 일거리를 제공한 건이 하나 있었다. 따라서 나는 여느 때처럼 여기저기 몇몇 문장만을 번역하는 대신 도청 내용 전부를 옮겨야 했다.

그 내용은 고 패스트 딜러들의 화려함과는 거리가 먼, 영세 생산자에게서 소비자에 이르기까지 폐쇄적으로 이뤄지는 대마초 밀매와 관련된 일이었다. 일반적인 악당들의 세계를 완전히 벗어난 이들. 경쟁자가 아니라, 젊은 사람들이라면 영화 〈장 드 플로레트〉에서나 봤을, 수원水原을 둘러싼 어두운 사연 때문에 고향 마을 이웃의 제보로 수사 대상에 오른 마약 밀매꾼들이었다.

생산자 무함마드 베나브델라지즈는 아프리카 북부의 우에드 라우에 살았다. 그 작은 마을은 스페인의 자치도시 세우타에서 40킬로미터쯤 떨어진 곳, 리프 산맥의 대마 재배지 아래 바닷가에 위치한 일종의 전략적 요충지였다. 그는 6헥타르밖에 안 되는 작은 땅뙈기에 수확량이 풍부한 대마 품종인 카르달라를 재배했다. 테트라히드로칸나비놀THC[19]이 아주 풍부하며 꽃이 흐드러지는 땅딸막하고 묵직한 이 식물을 손수 수확하는 것은 물론, 드물게도 수지 추출과 압착까지 직접 했다.

일단 마약이 스페인 영토로 무사히 건너가면, '사라프'[20]가 그에게 어음할인이라는 간접적인 수단을 이용해 대마초 납품 대금 전체를 지불했다. 그렇게 선금을 지불한 뒤, 프랑스 도매상들에게 판매한 대금은 좀처럼 정체를 드러내지 않는 만큼 신뢰할 만한 수금책들을 통해 회수하는 식이었다. 이 수금책들은 마약 딜러뿐 아니라 그쪽 세계와 전혀 관계가 없

---

19 대마에 함유된 정신작용 물질.
20 아랍어로 '은행가'라는 뜻.

는 무역업자들과도 거래했기 때문에 회수한 대금으로 가전 제품이나 자동차를 구매해 다시 모로코로 보내줄 수 있었다. 이런 식으로 그들은 모로코 정부가 자국 경제를 보호하기 위해 시행하는 극도로 엄격한 외환 관리 제도를 따돌렸다.

이 모든 과정은, 프랑스에 있든 고향 마을에 있든 서로가 서로를 잘 아는, 오로지 모로코 사람으로만 구성된 폐쇄 집단 속에서 이뤄졌다. 말하자면 실물경제를 완벽하게 모방한 마약 판매와 돈세탁의 폐쇄회로인 셈이다. 마약은 보보스족을 위한 친환경 채소 바구니처럼 생산자로부터 소비자에게로 직접 배달되었다.

생산자인 무함마드 베나브델라지즈는 파리 교외 비트리에서 태어나 프랑스 국적을 가진 24세의 조카에게 마약 운반을 맡겼다.

내가 이 가족을 도청하기 시작했을 때, 마약은 채소 운반용 트럭에 실려 있었다. 트럭은 세우타 세관에서 일하는 사촌의 공모로 국경을 무사히 통과했고, 스페인을 거쳐 도매상들이 기다리는 프랑스 파리 교외까지 올라왔다. 인계된 마약은 도매상이 거느리는 판매책들을 통해 파리 전역에 뿌려졌다(비즈니스용 전화).

솔직히, 나는 이 젊은이들에게 호감을 느꼈다. 그들이 내가 일상적으로 대하는 소시오패스 같은 덜떨어진 양아치들의 통상적인 프로필과는 거리가 멀었기 때문이다.

특히 마약 운반을 맡은 아피드는 진지하고 정중하고 성실했다. 또 다른 특이 사항. 그는 어릴 적 친구인 도매상들에게 말을 할 때 그들이 모두 알아듣지 못해도 늘 정확한 아랍어를 구사했다(비즈니스용 전화).

그의 어머니 역시 프랑스에 살고 있었다. 그녀는 더 젊은 여자와 결혼하려고 고향으로 돌아가버린 알제리인 남편과 헤어졌다(할랄용 전화).

대화를 엿들으며 수집한 정보들을 통해, 나는 아피드가 프랑스인으로 태어났으면서도 주로 아랍어를 사용하는 것이 자신이 나고 자란 나라에 대한 커다란 실망을 제 나름대로 표현하기 위함이라는 사실을 알 수 있었다. 그의 꿈은 코트다쥐르에 보란 듯이 고급 자동차 정비소를 여는 것이었다. 그는 프랑스 사회가 그에게 기대하는 모든 것에 순응했다. 어슬렁거리며 돌아다니지도 않고, 신중하게 처신하며, 학업에 충실했다. 그래서 아주 우수한 성적으로 자동차 정비 기능사 자격증을 따냈다. 그렇게 피나는 노력을 했건만, 학업을 마치자마자 그가 정면으로 맞닥뜨린 것은 프랑스의 거대한 거짓말이었다. 일자리가 부족해 허덕이는, 하물며 아랍인이라면 손사래부터 치는 나라에서 인민의 마약에 불과한 우수한 학교 성적이 그에게 꿈을 이룰 수 있는 재정적 수단을 가져다줄 리는 만무했다. 그는 아파트 난간 아래 모여 앉아 친구들과 수다를 떨거나 다에시[21]에 가입해 총알받이가 되는 대신, 최대한 빨리 돈을 벌어 다시 돌아올 생각으로 자격증을 챙겨 부모의 나라로 떠났다……

삼촌 무함마드가 벽돌 모양의 대마초 수지 덩어리를 생산했기에, 그는 전공을 살려 마약을 실어 나르는 트럭에 아무도 찾아낼 수 없는 이중 바닥을 설치했다(역시 도청 대상인 삼촌의 비즈니스용 전화).

늘 꿈꾸던 자동차 정비소는 돈이 충분히 모이면 두바이에 열 생각이었다.

내가 보기에 베나브델라지즈 집안 사람들은 삶에 대한 강하고 질긴 사랑이 느껴지는 이들, 호의적이며 흥으로 가득한 사람들이었다. 그것은 당시 나에게 완전히 결핍되어 있던 감

---

21 이슬람권에서는 IS를 Daech라고 부른다.

정이었다. 무엇보다 엄마의 입원 때문이었는데, 그즈음 나는 입원비를 마련하기 위해 울거나 잘 때를 빼고는 죽도록 일만 했다. 헤드폰을 쓰고 그들의 이야기를 엿듣는 일이 내게는 내 슬픈 아파트, 그보다 더 슬픈 마약 단속국 사무실을 벗어나 그들의 삶을 간접적으로 살아보는 하나의 방법이었다. 그리고 그것은 큰 위안이 되었다.

나는 그들의 사적인 통화는 절대 번역하지 않았다. 그저 "진행 중인 수사와 무관한 내용"이라고만 적어 보고했다. 그러면서 재미 삼아 그들의 장거리 여행을 계속 좇았다. 마치 멀리 떨어져 지내는 가족의 소식을 매일 접하듯이.

심지어 가끔은 '구글 스트리트 뷰'를 열고, 티나리웬[22]의 노래가 배경음악으로 울려 퍼지는 가운데 푸른 바다와 나란히 이어지는 빨간색 도로를 따라 커서의 작은 화살표를 움직여 보기도 했다. 그런 식으로 나는 우에드 라우에서 대양의 바람에 머리카락을 날리며 아피드의 뒤를 따라 걷는 나 자신을 상상했다.

---

22 사하라 사막의 투아레그족 밴드.

3

겁대가리 없는 유대인 여자에게
불가능이란 없다

모로코의 내 새 가족이 매일같이 들려주는 우여곡절로 가득한 연속극을 엿들으며 스트레스를 풀지 않을 때는 주로 요양 병원으로 엄마를 보러 갔다.

'에올리아드'[23]라는 시적인 이름이 붙은 그 요양 병원의 자동문은 현실 세계와 또 다른 세계의 경계와도 같았다. 그 세계에 들어서면 벽에 칠해놓은 노란색이 야채수프, 산업용 세척제, 더러운 방수 시트 냄새와 함께 코를 찔렀다. 1층 로비에서는 마치 죽음을 향해 "싫어"라고 말하는 듯 고개를 가볍게 흔들어가며 누군가 휠체어를 밀어 식당으로 데

---

23 '공기와 바람'이라는 뜻.

려가주길 기다리는 멍한 표정의 노인 100여 명이 나를 맞이했다.

원장은 그들을 '레지당'이라고 불렀는데, 유머를 발휘한답시고 그 낱말의 철자를 두고 장난을 쳤다. 원장이 말하는 레지당이란 어딘가에 일시적으로 거주하는, 따라서 원하면 언제든 그곳을 떠날 수 있는 개인, 그러니까 'a'가 들어가는 '레지당résidant'이 아니라 어떤 거처의 공민, 즉 'e'가 들어가는 '레지당résident'이었다.[24]

그 망가진 사람들 틈에서, 나는 휠체어에 가죽띠로 묶인 채 잘 보이지도 않는 두 눈을 받침 접시처럼 휘둥그레 뜨고 하늘이 세일 첫날의 가게 문들처럼 열리기를 기다리며 천장을 응시하는 엄마를 찾아내곤 했다.

그곳에 들어서면 일단 엄마부터 데리고 병실로 올라갔다. 병실에 도착한 뒤에는 온갖 짜증을 부려가며 중증 반신불수 환자가 쉽게 삼킬 수 있도록 특별히 만든 희멀건 죽을 엄마에게 먹여주었다. 유동식이라도 소화는 시켜야 하니 휠체어에 잠시 앉혀뒀다가, 간병인들이 하얀 플라스틱으로 된 권양기 비슷한 것으로 엄마를 들어 올려 침대에 눕

---

24 '거주민'을 뜻하는 résidant과 '공민'을 뜻하는 résident은 발음이 동일하다.

히면 시트를 더럽히지 않게끔 기저귀를—"여기서는 기저귀라고 부르지 않는답니다, 부인. 의존 생활을 하다보면 어쩔 수 없이 생기는 신체적 불쾌감과 관련지어서 통상 '보호 장비'라고 하죠. 기저귀는 아기들한테나 쓰는 거니까요"—갈아주고는, 엄마가 어렵사리 웅얼대는 횡설수설을 들어가며 인터넷에서 열 개 묶음으로 구입한 성인 사이즈 우주복을—"여기서는 우주복이라고 부르지 않는답니다, 부인. 그것도 갓난아기용이죠. 통상 '취침용 콤비'라고 해요"—입혀주었다.

그렇게 면플란넬 옷 속에 웅크린 엄마는 너무나 연약해 보여 쳐다보기조차 민망할 정도였다.

자홍색 모슬린 원피스 차림으로 우아함을 뽐내던 엄마가 이제는 누런 이와 약에 찌들어 뭉개진 입, 완전히 떡이 진 머리카락, 보기 흉한 털로 뒤덮인 얼굴을 드러내고 있었다.

나는 엄마와 살가운 관계를 가져본 적이 없다. 가령, 어릴 적에 그림을 그리면서도 엄마를 삼각형 치마에 웃음 띤 커다란 눈, 바나나 모양의 입술로 나타내본 일이 없었다. 아니, 아니고말고……. 나는 언제나 엄마를 털이 북슬북슬하고 다리 대신 큼직한 앞발 두 개를 가진 거미로 묘사했다. 바나나 미소를 가진 엄마들, 나는 그들을 '마망단[25]'이라고 불렀다. 마망단들은 크레이프 종이꽃이며 연극 의상이며 분홍색 설탕을 입혀 예쁘게 꾸민 과자까지, 무엇이든 만들 줄 알았다. 그들은 아이들을 교문 앞까지 데려다주었고, 손발이 꽁꽁 얼어붙는 추운 날에도 외투를 겹겹이 걸친 채 불평 한마디 없이 교문 앞에 줄을 서서 기다렸다. 누가 달걀판으로 구유를, 요구르트병으로 샹들리에를 만들자는 생각을 했느냐고, 누가 보물찾기를 제안했느냐고 물으면 대답은 늘 한결같았다. "안의 엄마가 그러자고 했어요."

학교 축제 때마다 내가 부끄러워하며 들고 갔던 싸구려 파운드케이크와는 거리가 멀어도 한참 먼 것들이었다.

빈둥대지 않는 척하는 재주는 있어서 늘 정신없이 바빠 보였지만, 엄마는 전혀 '마망단'이 아니었다. 아니고말고……. 엄마는 달걀을 삶을 줄도 몰랐고, 난장판 속에서 살았으며, 학교에 대해서는 대충 이렇게 생각했다. "정말이지 지루해 죽는 줄 알았어. 안슐루스[26]가 일어나서 얼마나 다행이었는지. 그 일이 아니었으면 내가 여섯 달째 학교에 가지 않았다

---

25 mamandanne, 그대로 옮기면 '안Anne의 엄마'라는 뜻이다.
26 1938년 독일에 의한 오스트리아 병합.

는 걸 네 할아버지와 할머니한테 들켰을 거야."

엄마는 나의 출생을 두고도 날 엿 먹였는데, 나를 임신한 건 오로지 아버지한테 아들을 낳아주기 위해서였다고 아무렇지 않게 말하곤 했다. 내가 딸이어서 실망할 대로 실망한 아버지가 엄마를 버렸다면, 엄마는 아무 망설임 없이 나를 입양 보내버렸을 것이다.

그렇지만 엄마는 미쳐버린 여자도, 삶에 무감각해진 여자도 아니었다. 삶에서 아무것도, 정말 아무것도 기대하지 않았기 때문에, 엄마가 품은 희망들은 단 한 번도 꺾인 적이 없었다. 어렸을 때, 엄마는 오로지 그들이 자신을 죽이지 않기만을 바랐다. 엄마와 함께 수용소에 갇힌 사람들은 일주일에 한 번씩 집합해 기차에 올랐다. 엄마도 일주일에 한 번씩 외할머니와 함께 집안 성姓의 첫 글자 'Z'가 표기된 원 안에 가서 섰다. 하지만 O나 P, 가끔 U까지 이르면 열차에 더는 공간이 남지 않았다. 두 여자는 공포의 울부짖음, 생이별의 흐느낌, 즉결 처형의 총성이 울려 퍼지는 가운데 몇 시간이고 기다리다가 결국 벽돌로 지은 막사로 되돌아가곤 했다. 이렇게 죽음의 고비를 넘긴 엄마는, 자기 없이도 잘 굴러갈 세상을 그냥 내버려두기로 마음먹었다. 세상, 살림, 남편, 자식……모든 것을! 그 모든 것이 그녀 위로 영원히 미끄러져 지나갈 테고, 자신은 고장 난 작은 위성처럼 삶의 중요한 사건들 주변을 맴돌다가, 그것들이 자신과는 아무 상관없다는 느낌이 들 때까지 가능한 한 빨리 그것들에서 멀어지기로 마음먹었다.

엄마는 평생 개인적인 물건을 사본 적이 없었다. 옷, 향수, 화장품만 빼고. 엄마는 아침마다 공들여 곱게 화장을 한 뒤, 거울에 비친 자기 모습을 심각하고 꼼꼼하게 점검하며 시간을 보냈다. 그런 다음에는 장식 밑단이 달린 드레스를 차려입고서 터무니없는 캐스팅 실수로 뽑혀 온 사람처럼 아버지가 고른 중세풍 가구("취향이 글러먹었다는 소릴 안 들으려면 최대한 오래된 걸 골라야 해……") 한가운데 가서 자리를 잡았다.

엄마는 거기서 갈리아[27]를 피우며 소설을 읽었다. 같은 이야기가 끝없이 반복되는 소설들이었다. 오스트리아, 폴란드, 러시아 등지에서 배를 타고 출발한 유대인 여자가 신발도 없이 엘리스섬의 자유의 여신상 아래 내린다. 그녀는 술책, 배짱, 행운 덕분에 유명한 출판인이나 평판 높은 의상실 주인 혹은 누구나 두려워하는 변호사가 된다. 그 불도저 같은 유

---

27 담배 브랜드.

대인 여자는 걸리적거리는 모든 것을, 특히 남자들을 짓뭉개 버린다. 그녀의 자식들은 그녀를 증오한다. 그녀는 홀로 외로이 죽는다. 아주 부자로, 세인의 시샘을 받으며.

엄마는 중세 투구 모양의 등을 켜놓고 중세 기도대 모양의 의자에 앉아 간간이 프랑스어로 옮기기 불가능한 작은 탄성을 터뜨려가며 주인공이 펼치는 모험의 리듬에 따라 떨리는 손으로 갈리아에 불을 붙였다.

아버지는—아버지가 지나가면 마들렌 구역의 모든 매춘부가 친근하게 그의 이름을 불러댔다—자랑스러운 눈으로 엄마를 지그시 바라보며 예술 작품 같다고, 아주 아름다우나 사용가치는 전혀 없는 예술 작품 같다고 말하곤 했다.

엄마가 아침마다 곱게 화장을 하며 그렇게 많은 시간을 보냈던 게 정말 아버지를 위해서였을까? 엄마는 그렇게 주장했지만, 그것은 거짓말이었다. 아버지는 사업 때문에 늘 출장 중이었으니까. 사실 그건…… 그녀가 아무도 사랑하지 않기 때문이었다.

엄마가 매일 아침 알록달록한 비단옷을 걸치고 용감무쌍한 유대인 여자들의 생애를 읽은 것은, 전쟁이 끝난 뒤 떠나고 싶었을 천국, 이탈리아 아이스크림 모양의 건물들이 서 있는 파스텔 색조의 도시, 동유럽 출신의 유대인 아가씨들이 폴 앵카의 노래에 맞춰 밤낮으로 춤을 추는 마이애미비치를 향하는 상상 속의 크루즈 갑판에 오르기 위해서였다.

그런 일이 실제로 일어날 수는 없었기에, 엄마는 자신의 욕망을 항상 똑같은 나날 속에 질식시킨 채 소설을 읽고 갈리아를 피우며 휴가철이 오기만을 손꼽아 기다렸다.

말년에 뇌졸중으로 쓰러지기 전, 엄마는 악착같이 나한테 돈을 뜯어내면서 시간을 보냈다. 그렇게 뜯어낸 돈으로 프랭탕이나 갤러리 라파예트 백화점에 가서 옷 여러 벌을 사고는 다음 날 다 이해한다는 표정으로 너그럽게 맞아주는 점원에게 한 벌만 빼놓고 모두 돌려주곤 했다. 그렇게 환불을 받은 뒤에는 "아가씨, 이 옷은 그냥 입고 갈게요"라고 당당히 말하고는, 1층으로 내려가 이 향수 저 향수를 뿌려보다가 카페 드 라 페에 들러 새 옷을 더럽히지 않게끔 냅킨을 펼쳐 온몸을 뒤덮은 채 큼지막한 케이크를 먹으며 하루를 마감했다.

엄마가 요양 병원에서 서서히 죽어가기 시작했을 때, 나는 엄마가 마지막으로 거주했던 지붕 밑 다락방을 처분해버렸다. 그 방에서는 흉물스러운 싸구려 가구 몇 점과 이가 나간 식기들 외에, 립스틱과 오렌지색 매니큐어로 가득한 상자, 또 용감무쌍한 유대인 여자 이야기가 놀랄 만큼 **빽빽**하게 꽂힌 책꽂이가 발견되었다.

뇌졸중을 겪은 엄마의 두뇌는 나를 향한 말도 안 되는 비난들밖에 복원해내지 못했다. 엄마는 내가 자기 돈 수백만 유로를 훔쳤다고, 자기가 유산으로 물려받은 막대한 부동산을 그냥 썩어가게 내버려뒀다고, 자기가 애지중지하는 상상 속 폭스테리어 슈누키를 학대했다고 책망했다.

책망이라면 태어날 때부터 귀에 인이 박이도록 들었건만, 10년 전부터는 엄마의 닦달이 견딜 수 없이 심해졌다. 내 두 딸이 열일곱, 열여섯 살쯤 되었을 무렵이었던가, 어느 날 아침 엄마는 아버지가 남겨준 상당한 액수의 재산을 마지막 한 푼까지 싹싹 긁어 쓰고는 나에게 전화를 걸더니, 의전이 예전 같지 않아 놀란 동시에 살짝 화가 난 공주님의 어조로 말했다. "파티앙스, 금고에 돈이 떨어졌어⋯⋯." 마치 수도꼭지를 틀어보고는 "파티앙스, 물이 안 나와⋯⋯" 하듯이. 사실이었다. 이제 은행에 남은 거라곤 엄마가 소중하게 여기는 물건들뿐이었다. 엄마가 가장 좋아하는 색상의 립스틱 견본품, 엄마의 유대인 증명서, 아버지의 가짜 신분증 여러 개, 아주 중요하니까 절대 잃어버려서는 안 되는, 하지만 이제는 그게 어디에 쓰는 건지 아는 사람이 아무도 없는 어떤 금속 부품, 죽은 개들의 목걸이 등등……. 선견지명이 있었던 아버지가 엄마에게 남긴 금화들은 흔적도 없었다.

알거지가 된 자신의 처지를, 엄마는 주어를 바꿔 "돈이 떨어졌어"라고 말하며 마치 자신을 포함해 잘못한 사람이 아무도 없는데 발생한 유감스러운 배관 문제인 양 묘사했다. 누굴 콕 집어 비난하지도 않았고, 모두를 싸잡아 원망하지도 않았다. "돈이 떨어졌어." 그걸로 끝이었다. 그러고는 날 힘들게 할 수 있다거나, 내가 자신을 부양하기 위해 뼈 빠지게 일해야 한다는 생각은 단 1초도 해보지 않은 채 아주 당연하다는 듯 나한테 빌붙어 살았다. 게다가 엄마는 자신을 부양하는 나를 남몰래 저주하기까지 했다. 살림이 궁핍해지자 성질까지 더러워져서 걸핏하면 "나, 223유로 90상팀 필요해"라는 식으로 잔돈까지 붙여서 요구했다. 내가 조금이라도 깎으려 들면 발끈해서 구두쇠라느니, 누굴 거지로 아느냐느니 기세등등하게 소리를 질러댔다.

요양 병원에 면회를 갈 때마다 나는 완전히 탈진한 상태로 엄마의 방을 나섰다.

요양사들이 모든 노인을 하나하나 방으로 다시 데려다줄

때까지 엘리베이터를 기다려야 했기에 나는 작은 소파에 주저앉은 채, 묶은 끈이 끊어져 나동그라지는 짐들처럼 나를 향해 마구 쏟아지는 슬픔에 빠져들곤 했다. 그 상황, 내 삶, 전반적인 내 삶이 너무나 슬펐다.

나는 내 팔자가 너무나 기구하다고 느끼며 서러워서 울었고, 무기력해서 울었다……. 울고 또 울었다……. 이런 감정의 무절제한 분출은 매번 나를 당혹스러운 상황에 빠뜨렸다. 엄마가 불쌍해서 우는 줄 알고 직원들이 다가와 날 위로했으니 말이다. 요양 병원에서는 창피해하는 것이 사치라는 걸 인정하더라도 창피한 건 어쩔 수가 없었다.

너무나 유대적이어서 자칫 우스꽝스럽게 여겨질 수 있는 노래 하나가 당시 내가 처해 있던 정신 상태를 아주 잘 드러낸다.

울지 마라, 눈물을 아껴라, 눈물주머니를 비우지 마라,
고해와 같은 삶, 갈 길 먼 너에게 눈물 마르면
울고 싶어도 못 우노니……

그런데 바로 거기, 그 작은 소파에서 내 모험이 시작되

었다…….

한때 의류업체 '발망'에서 아틀리에 감독으로 일했던 알츠하이머 환자 레제르 부인이 종종걸음으로 내 앞을 지나가고 또 지나갔다. 워낙 옷을 매끈하게 차려입었기에 처음에는 면회를 온 사람인가보다 생각했다. 핸드백을 어깨에 비스듬히 메고 하이힐을 신은 모습이 너무나 우아한 그 부인은 사실 병원 사람들이 '방황하는 레지당'이라고 부르는 환자, 어딘가에 가야 한다는 강박관념에 갇혀 끊임없이 돌아다니는 환자였다. 요양 병원의 복도가 원을 그리는 구조로 되어 있던 터라, 그 불쌍한 부인은 어항 속의 금붕어처럼 한 바퀴 돌 때마다 자신의 기억을 지우며 긴 복도를 돌고 또 돌았다.

그녀가 날 농땡이 치는 재봉 견습공 중 하나로 여긴 모양이었다. 지나갈 때마다 날 처음 적발했다고 확신한 그녀는 다시 한 바퀴를 돌기 위해 출발하기에 앞서 듣기 싫은 잔소리를 해댔다. "이봐, 울지 말고 내 말 똑똑히 들어. 자넨 손재주가 없어서 이 분야에서 일하긴 글러먹었어……. 매춘부처럼 그러고 있지 말고 가서 일이나 해!" 이어 다음 한 바퀴를 돌고 와서는, "도대체 생각이 있는 거야, 없는 거야? 담배나 피우며 죽치고 앉아 있는데 계속 봉급을 줄 것 같아?…… 어서 가서 작업 시작해!" 보통 나는 세 번째 바퀴에서 울음을 그쳤고, 다섯 번째 바퀴에서는 아예 깔깔거리며 웃어대기 시작했다. 그러면 그 알츠하이머 아틀리에 감독께서는 나를 항명으로 해고해버리겠다고 위협했다.

나는 그 저주 받은 곳에 거주 비용을 대느라 나처럼 개고생을 하는 그녀의 두 자식과 마음이 잘 맞았다. 그 불쌍한 자식들은 하나도 아니고 부모 둘 모두를 입원시켜놓은 터였다. 치매에 걸린 어머니와 병석에 드러누운 아버지. 호화로운 구석이라고는 눈을 씻고 봐도 없는, 파리 20구에 자리한 그 요양 병원에 매달 갖다 바쳐야 하는 돈이 6,500유로가 넘었다.

간호조무사들은 다른 환자들을 모두 잠자리에 들인 뒤 마지막으로 레제르 부인을 붙잡아 옷을 벗기고 강제로 침대에 눕혔다. 침대에 꽁꽁 묶인 그녀는 비명을 지르고, 살려달라고 외치고, 불법감금이라며 울부짖었다……. 참담하기 그지없는 그 순간을 이용해 나는 슬그머니 자리를 떴다.

그러던 4월의 어느 날, 레제르 부인이 사라져버렸다.

그 사실을 가장 먼저 알아차린 것은 나였다. 예의 소파에 앉아 질질 짜던 나는 레제르 부인이 빈둥거리는 나를 그냥 두는 게 이상해서 지나가는 청소부 아주머니를 붙들고 그녀에게 무슨 일이 있는지 물었다.

"정말 그러네요. 레제르 부인이 또 어딜 가셨지?" 상냥한 아프리카 아주머니가 코트디부아르 억양이 선명한 목소리로 대답했다. 그녀는 즉각 병원 측에 그 사실을 알렸고, 전 직원이 나서서 레제르 부인을 찾기 시작했다. 모든 입원실과 공용 시설을 샅샅이 뒤졌지만 허사였다. 레제르 부인은 어디에도 없었다. 그녀는 〈쥐라기 공원〉의 랩터처럼 감시용 손목 밴드를 뽑아버리고 감쪽같이 사라져버렸다.

의사들은 알츠하이머 환자의 뇌를 외부에서 내부로 한 겹한 겹 썩어 들어가는 양파로 묘사한다. '자유에 대한 욕망은 속 알맹이의 중심에 숨어 있는 모양이군.' 그녀의 실종으로 야기된 소동을 가로지르며 나는 속으로 생각했다.

그리고 이튿날, 나는 아피드의 엄마가 할랄 전화기로 아들과 나누는 대화를 도청하다가 그녀의 입을 통해 똑같은 이야기를 들었다.

그녀가 파리의 한 요양 병원에서 간호조무사로 일한다는 건 알고 있었지만, 운명이 그녀를 에올리아드에, 그것도 내엄마의 머리맡에 데려다 놓았을 줄은 상상도 하지 못한 터였다.

병원이나 어린이집에서와 마찬가지로 요양 병원에서 일하는 돌봄 노동자들은 전부 흑인과 아랍인으로 구성되어 있었기 때문에 그녀를 찾아내기까지는 족히 일주일이 걸렸다. 세상의 모든 차별주의자들은 똑똑히 알아두길. 처음으로, 그리고 마지막으로 숟가락으로 음식을 떠서 당신 입에 넣어주고 당신의 내밀한 곳을 씻어줄 사람은 바로 당신이 멸시하는 여자라는 걸!

내가 그녀를 찾아낼 수 있었던 것은 오후 6시 55분에 모든 일과가 중단되면 매번 그녀가 설비실로 들어가 문을 잠그고 아들과 통화를 했고, 그 통화의 도청 파일이 다음 날 나에게 넘어온 덕이었다.

그녀는 아들의 '비즈니스'에 대해 알고 있을 수밖에 없었다. 그렇지만 저녁마다 헤드폰을 쓰고 그들의 천진난만한 수다를 듣다보면, 이 사람들이 과연 마약 밀매가 프랑스에서 엄중한 처벌을 받는 불법적인 활동이라는 사실을 알고 있기나 할까 하는 의문이 들었다.

딱히 눈여겨본 적은 없지만, 내가 소파에 앉아 훌쩍이고 있을 때 가끔 과자 쟁반을 들고 와서 내밀었던 사람 중 하나가 바로 그녀였기에 서로 안면은 있었다. 그녀는 주간 근무조이고 나는 주로 저녁에 면회를 다녔기 때문에 다른 모든 직원과 그러듯 인사만 주고받았을 뿐 직접 말을 건네본 적은 없었다. 솔직히, 자신의 죽음을 떠올리게 되는 그런 장소에 있다보면 누군가와 대화를 나누고 싶은 마음이 사라진다. 대화를 나누게 된다 해도, 도대체 무슨 얘길 하겠는가? 똥오줌과 죽음 말고는 할 얘기라곤 전혀 없는데! 완전히 맛이 간 사람이 아닌 한, 요양 병원에 발을 들여놓는 사람은 누구나 최대한 빨리 그곳을 벗어나야 한다는 강박에 시달리는 법이다.

그녀는 나보다 한두 살 많은 모로코 출신의 여성으로 늘 웃음 띤 얼굴에 히잡을 쓰고 있었다. 말이 나왔으니 한마디 덧붙이자면, 아랍 여성들의 활동이 청소나 노인들 밑 닦아주는 일로 한정될 땐 왜 그 머리 스카프를 문제 삼지 않는지 궁금하다.[28]

호기심이 발동한 나는 면회 시간을 조금 앞당겼고, 그녀를 다른 눈으로 바라보기 시작했다.

카디자(이것이 그녀의 이름이었다)는 내가 엄마에게 해파리 빛깔의 죽을 먹이려다가 5분도 안 되어 벌써 엄마 얼굴에 죽사발을 엎어버리고 싶은 충동을 느낄 때 먼저 다가와 나에게 말을 걸었다.

그녀는 부드럽게 내 손에서 숟가락을 빼앗았다.

---

28 1989년 프랑스에서 무슬림 여중생 셋이 수업 시간에 히잡 벗기를 거부해 퇴학을 당하는 일이 벌어지면서 히잡 착용과 관련한 큰 논란이 일었다.

"어르신이 먹고 싶어 하지 않는 건 부인의 짜증을 느끼기 때문이에요. 숟가락을 내밀 때 이를 얼마나 악무시는지, 그러다 부러지고 말겠어요. 어르신들은 짐승 같아요. 모든 걸 느낌으로 알죠."

엄마는 그녀의 말에 맞장구라도 치듯 늙은 거북처럼 휠체어 속에 몸을 움츠린 채 적의에 찬 눈으로 날 노려보았다.

"저것 보세요, 저렇게 고집스럽게 입을 안 연다니까요!"

"죽을 떠먹이면서 부드럽게 어루만져주세요. 그러면 몸에서 힘을 빼실 거예요."

그녀가 갈색 반점으로 뒤덮인 엄마의 주름진 팔을 쓰다듬으며 시범을 보였다.

"난 죽어도 그렇게는 못 해요!" 나는 혐오스럽다는 듯 질색하며 외쳤다.

"괜찮아요. 그러라고 우리가 있는 거니까요."

"그 누구도 이런 상황을 견뎌야 할 의무는 없어요. 엄마도, 나도. 인생의 마지막이 이런 식이라니, 너무 끔찍해요!"

"그런데 있잖아요, 부인이 안 계실 때는 어르신이 그렇게 까탈을 부리지 않으세요. 오히려 쾌활하신 편이죠. 안 그래요, 우리 공주님?"

그녀가 부드럽게 안아주자, 엄마는 이미 내 존재는 까맣게 잊은 채 반쯤 마비된 얼굴을 꿈틀대며 이디시어로 구구거렸다.

"Ikh bin a printsesin(나는 공주야)!"

"우리한테도 이런저런 이야기를 많이 들려주세요. 부친께서 마이애미 대사로 계실 때 열었던 멋진 파티 얘기를 자주 하시죠. 초대 손님, 샴페인, 아름다운 드레스, 종려나무…….그 모든 게 우릴 잠시 꿈꾸게 해줘요……. 듣다보면 기분 전환이 된다니까요."

기가 막힐 정도로 아이러니한 이 상황이 내 사기를 끌어올렸다.

나는 웃으며 말했다.

"그런 얘기, 가족끼리는 낯간지러워서 잘 안 해요."

"하지만 어르신이 부인과 따님들에 대해 얘기하시는 걸 들어보면 어르신이 늘 거기에 가족과 함께 있었다는 걸 알 수 있는걸요."

"그래요, 그건 부정할 수 없네요. 엄마는 늘 넘칠 정도로 거기 있었죠……. 자기 방식대로."

"두 분 다 지금의 상황에 대해 화가 나 있어요. 당연하죠. 어르신도 자신이 미끄러지고 있다는 걸 느끼거든요. 그래서 부인을 포함해 손에 닿는 것이면 무엇이든 붙들고 매달리려는 거죠. 모시기 힘든 건 그 때문이에요. 어르신은 삶이 끝나가는 게 두려운 거예요. 부인 역시 두려우시겠죠. 고통스럽게 진행되는 힘든 순간이니까요. 그래서 저희가 있는 거예요. 가족들이 덜 힘드시라고. 감히 말씀드리자면, 굳이 매일 면회 오실 필요 없어요. 그러면 점점 힘들어질 거고, 나중에 어르신에 대해 안 좋은 기억만 갖게 될 거예요. 어르신은 저희가 잘 보살펴드릴게요. 문제가 있으면 전화를 드릴 테니, 자, 이제 댁으로 돌아가 쉬세요."

그날 저녁, 나는 그 작은 소파에 앉아 울지 않았다. 심지어 저녁이나 먹자고 두 딸을 불러, 엄마가 이것 하나만큼은 자신 있다고 늘 자랑했던 요리를 해주었다. "애들아, 이 조리법 하나면 어딜 가서든 최고라는 소리를 들을 거다."

'마이애미 샐러드'

종려나무 순 통조림 하나, 옥수수 통조림 하나, 파인애플 통조림 하나

아보카도 하나

재료들을 막둑썰기한다.

모두 샐러드 접시에 담는다.

껍질을 벗긴 냉동 새우를 추가한다.

칵테일소스 만드는 법: 하인즈 케첩과 아모라 마요네즈를 섞어 연분홍색이 될 때까지 휘젓는다.

그날 카디자와 내가 친해졌다고 말한다면 과장일 것이다. 하지만 노인들과 그들의 가족에 대해 그녀가 보여준 가상할 정도의 친절과 인내심 덕분에 나는 아무것도 해낼 수 없으리라는 자괴감에서 벗어날 수 있었다. 나는 그녀의 충고에 따라 요양 병원 방문 횟수를 줄였다.

그러다 6월 말경부터 사태가 복잡하게 변해갔다.

계속 도청 번역을 하던 나는 벌써 두 달째 그녀의 아들 아피드가 프랑스로 들여오는 마약의 양에 대해 아주 불분명한 태도를 보이고 있었다.

도청 초기, 그는 신중한 개미처럼 작은 채소 트럭에 매번 50에서 70킬로그램씩을 실어 날랐다. 어느 순간부터 나는 드물게 배달량이 언급되어도 보고서에는 "청취 불가"라고 기록한 채 그냥 넘어가버렸다. 그런데 4월에 들어서면서 그들은 250킬로그램을 운운하기 시작하더니, 5월에는 더 큰 트럭을 장만하기에 이르렀다.

마약 단속국에서는 아랍어가 섞인 대화들만 나에게 넘겼

지만, 나는 그쪽에서도 마약 도매상들이 그들끼리, 그리고 고객들과 프랑스어로 주고받는 대화를 도청하고 있다는 사실을 알고 있었다. 아피드의 친구들은 모두 경계심이 많아서 문자메시지로 '신선한 것의 도착'을 알릴 뿐, 그 이상의 이야기는 없었다. 추측건대, 마약이 배달되기 전까지는 그들도 정확한 양에 대해서는 모르지 않았나 싶다.

4월 말, 베나브델라지즈 가족은 새로 산 트럭을 세우타에 안전하게 주차해둔 뒤 해상으로 스페인 국경을 넘기 위해 바닥이 평평한 반경식 크럼프턴 모터보트를 중고로 구매했다.

도청 보고서에 그 사실을 언급하지 않고 그냥 넘어갈 수는 없었다. 아피드가 보트는 작업 도구일 뿐이라며 들뜬 분위기를 가라앉히려 애쓰기는 했지만, 모로코에서나 프랑스에서나 모두들 이제 모터보트까지 장만했으니 파도를 가르며 '콤 데 주프'[29]처럼 여름을 즐길 수 있게 됐다고 조잘댔으니까.

7월, 아피드는 이제 혼자가 아니라 삼촌의 직원 하나와 함께하는 배달을 계획했다. 안전하게 하역할 수 있는 장소를 확보하고 이중 바닥이 설치된 새 트럭까지 마약을 가장 효율적으로 운반할 마약 하역 전문 팀 '아쿠아도레스'가 세우타

---

29 comme des oufs, 케이 라르고Key Largo의 비디오 클립 〈comme un ouf〉에서 점잔 빼는 유럽인들을 비웃으며 신나게 여름을 즐기는 아프리카인들을 암시한다.

의 칼라모카로 해변에서 그들을 기다리기로 되어 있었다.

베나브델라지즈 가족이 필요로 하는 그 모든 지원으로 보아, 배달량이 평소보다 훨씬 많을 거라는 추측이 마약 단속반에 나돌았다.

나는 호기심이 동해 그런 하역들이 어떻게 이뤄지는지 유튜브에서 찾아보았다. 그 신종 유료 해수욕장 경영자들은 환한 대낮에, 아무 단속도 받지 않은 채, 해수욕을 즐기는 사람들이 핸드폰으로 촬영을 하는 와중에도 보란 듯이 화물을 옮겼다.

일단 마약을 트럭에 실은 뒤에는 다른 고 패스트 차량 행렬의 도움을 받지 않고, 둘이서만 조심스럽게, 채소를 실어 나르는 할아버지의 거동으로, 평소 거래하는 세 친구와 마약 도매상 둘이 차량을 세워놓고 기다리는 비트리 인근의 약속 장소까지 올라간다는 게 그들의 생각이었다. 돌아오는 길에 아피드는 여름휴가를 늘 고향에서 보내는 엄마와 누이를 빈 트럭에 태워 올 계획이었다.

뭔가 큰 건을 물었다고 느낀 경찰은, 그들 표현을 빌리자면 "여름휴가를 떠나기 전에 신발 밑창으로 대마초 개미들을 팍

팍 밟아주기 위해" 현장을 덮쳐 그들을 체포하기로 했다.

　일이 이렇게 되자 내 상황이 아주 묘해졌다.

　그동안 나는, 좋게 말하자면 내게 아무것도 부탁한 적 없는 마약 딜러의 엄마를 봐주려고, 나쁘게 말하자면 상황을 이해하지 못하는 척 장난으로, 도청 내용을 살짝 변조해온 셈이었다. 그런데 이제 경찰이 비트리의 한 주차장에서, 그 양이 얼마나 되는지는 알 수 없지만 킬로그램당 5,000유로를 호가하는, 일명 '올리브'라 알려진 고품질의 대마초를 발견하게 될 판이었다.

　그들은 스페인 출발 시점을 7월 13일 저녁으로 잡았다. 프랑스의 국가적 축제일인 7월 14일에 테러 경계경보가 발령되면 치안력이 동원되어 감시가 소홀할 테니 그 틈을 타 국경을 넘어 파리로 올라갈 심산이었다.

　수사가 이 정도로 진행된 마당에 나 혼자 집에서 따로 작업한다는 건 생각할 수 없는 일이었다. 나는 파리 경찰 본부로 불려 가 13일 밤 10시부터 트럭이 푸아티에 근처까지 도달한 14일 오후까지 대기했다. 오후 4시경 모든 일이 마침내 궤도에 오른 뒤에야 마약 단속반 반장은 내게 집에 가도 좋다고 허락했다. 모로코인 운송 책임자를 심문할 때 다시 도움이 필요해질 테니 샤워하고 몇 시간 눈 좀 붙인 다음 맑은 정신으로 다시 오라면서.

나는 공황 상태에 빠져 요양 병원으로 미친 듯이 달려갔다.

병원에 도착하자마자 카디자부터 찾았고, 그녀를 설비실로 데리고 들어가 내가 무슨 일을 하는 사람인지, 무슨 일을 했는지, 어디까지 알고 있는지 아랍어로 간략하게 설명했다. 그러고는 내가 단속반에서 출발한 시간을 고려하건대 이젠 거의 오를레앙 근처에 와 있을 아들에게 빨리 전화를 하라고 닦달했다.

그녀는 놀란 표정으로 날 바라볼 뿐, 입도 뻥긋하지 않은 채 내 말을 끝까지 들었다. 설명을 마치자, 그녀는 아들에게 전화를 걸어 모든 것을 종합하는 놀라운 감각을 보이며 냉철한 목소리로 설명했다.

"입 다물고 내 말 잘 들어. 지금 내 앞에 아랍어를 할 줄 아는 부인이 있는데, 네가 지금 당장 고속도로를 벗어나 작은 생선들을 어딘가에 감춰야 한다고 말씀하셔. 그런 다음에 다시 고속도로를 타. 다른 사람들한테는 절대 알리지 말고. 그러지 않으면 그들이 하나하나 파고들다가 결국에는 나랑 저 부인이 너한테 미리 귀띔해줬다는 걸 알게 될 거야. 그들은 비트리에서 널 기다리고 있어. 그들에게 저항하는 짓 따윈 하지 마, 제발."

나는 휴대전화로 10번 고속도로의 도정을 확인했다.

"제일 가까운 나들목이 어딘지 물어보세요."

"부인께서 네가 정확하게 어디쯤 와 있는지 물어보셔."

"북北오를레앙 14번 나들목 부근이에요."

"지금 당장 휴대전화를 창밖으로 던져버리고 12번 나들목에서 나가라고 하세요. 안 그러면 휴대전화 위치 추적으로 찾아낼 거예요. 11번 나들목 생타르누 톨게이트에는 이미 경찰이 감시 차량 두 대를 배치해놨어요."

"지금 당장 휴대전화 던져버리고 12번 나들목으로 나가서 생선들을 감춰, 알겠니? 12번이야! 거길 지나치면 못 빠져나가!"

"알았어요, 엄마도 조심해요." 그가 전화를 끊으며 말했다.

카디자는 두려움에 휘둥그레진 눈으로 날 빤히 쳐다보다가 결국 울음을 터뜨렸다.

나 역시 목이 메어왔다.

나는 그녀를 안아주었다. 우리는 몸을 웅크리고 서로에게 기대앉아 기다렸다. 숨을 멈추고, 눈과 귀는 문 쪽으로 향한 채. 우리의 정신은 더 멀리, 아피드를 기다리는 경찰 곁에 있었다.

어느 순간, 마침내 나는 일어나 엄마를 면회하러 갔다.

아피드는 우리의 지시에 따랐고, 예상대로 도착지에서 체
포됐다. 그가 한참 늦는데도 아주 얌전히 기다리고 있던 마
약 도매상 다섯과 함께. 물론 비트리에서 대기하던 경찰은
탐지견 부대의 두 말리노이즈, 플래툰과 레이저가 미친 듯
이 짖어대 찾아냈을 트럭 이중 바닥에서 아무것도 건지지 못
했다.

오후 7시, 나는 모로코 말밖에 할 줄 모르는 북아프리카 출
신 운송 책임자의 심문을 도와달라는 마약 단속반의 연락을
받았다. 가벼운 마음으로, 죄책감도 두려움도 없는…… 뭐랄
까…… 초연하고 쾌활한 심정으로 그곳을 향했다.

단속반 사무실들은 평소처럼 사람들로 바글바글했다.
48시간째 눈을 붙이지 못한 형사들이 가장 입이 무거운 피의
자들을 궁지로 몰아넣기 위해 가장 입이 가벼운 피의자들의
진술서를 들고 이 방에서 저 방으로 정신없이 돌아다녔다.
경찰은 아피드와 운송 책임자, 물건을 기다리던 도매상 다섯
명 외에도 그들의 여자 친구, 부모, 딜러 등 관련자 10여 명을

체포해 따로따로 심문했다. 카디자는 아직 심문을 받기 전이었지만, 그녀가 근무를 마칠 시간이 다 되어가고 경찰이 건물 입구에서 그녀를 기다리고 있으니 그것도 시간문제였다.

모조리 아랍 출신인 젊은 남자들이 손목에 수갑을 찬 채 들락날락했다. 그들 중 누가 아피드인지 나로서는 알 수 없었다. 그런데 형사 하나가 "통번역사 왔어!"라고 목이 터지게 외쳐 내 도착을 알린 순간, 신체검사를 받기 위해 차례를 기다리던 청년 하나가 고개를 들어 나를 빤히 쳐다보았다. 내 얼굴이 토마토처럼 빨갛게 달아올랐다.

나는 모로코인 운송 책임자의 진술을 통역했다. 그는 형사의 질문에 모르쇠로 일관했다. "무슨 말씀을 하시는 건지 모르겠네요……. 마약이라니요……." 나는 곧 이 사건에 연루된 누구도 입을 열지 않을 것임을 알 수 있었다.

족히 500킬로그램은 발견하리라 예상했던 형사들도 막상 마약을 찾아내지 못하자 물량을 정확하게 특정하지 못했다. 도청 자료만으로도 혐의를 입증해 피의자 전원을 감옥에 보내기에 충분했지만, 마약이 감쪽같이 사라져버리는 통에 그들은 모두 완전히 김이 새버린 표정이었다.

"왜 황급히 고속도로를 벗어났지? 오를레앙과 생타르누

톨게이트 사이에서 두 시간 넘게 도대체 뭘 했지?" 이 질문에 모로코인 운송 책임자는 트럭을 팔기 위해 아피드와 함께 몰고 왔을 뿐이라고만 대답했다. 트럭을 넘겨주면서 판매 대금을 받기로 되어 있었는데 모터에서 이상한 소리가 나서 불안했다고, 그래서 그것을 손보느라 두 시간을 허비했고, 다시 고속도로로 돌아가 구매자와 약속한 시간에 늦지 않기 위해 전속력으로 달렸다고. "그럼 이중 바닥은 뭐야?" "이중 바닥이요? 그런 게 있었어요? 정말요? 전 몰랐어요!"

두 형사는 그에게 주먹을 날리고 싶어 하는 기색이 역력했다. 마음이야 굴뚝같았겠지만 나이 쉰 줄의 점잖은 중년 여성 앞이라 감히 그럴 수는 없었는지, 그들은 분을 삭이며 그 정도에서 물러섰다.

만약 단속반이 내게 아피드가 고속도로에서 카디자와 나눈 통화를 번역하라고 요구했다면, 나는 늘 그랬듯 "수사 중인 사건과 관련 없는 대화"라고 썼을 것이다. 그들은 틀림없이 내 말을 믿었을 것이다. 하지만 나한테 그 일을 요구한 사람은 아무도 없었다.

그날 완전히 초주검이 되어 집에 돌아갔던 기억이 난다.

옷을 벗은 뒤 콘택트렌즈를 빼려고 욕실 거울 앞에 선 나는, 굳은 표정으로 나를 뚫어지게 바라보는 거울 속의 얼굴에 큰 충격을 받았다.

나더러 화가 나 있다고 한 카디자의 말이 맞았다. 조금의 과장도 없이, 폭우가 쏟아진 직후의 하수구처럼 나라는 인간 전체에서 분노가 넘쳐흐른다고 말할 수 있을 정도였다. 나는 나 자신을 자세히 뜯어보았다. 가슴, 허벅지, 팔…… 모든 것이 잃어버린 명분이 되어 있었다. 내 몸 전체가 구조를 요청하고 있었다. 나는 내가 늙었다는 명백한 사실을 받아들여야만 했다.

퇴직금도 연금도 못 받는데, 요 모양 요 꼴로 늙어버리면 난 어떻게 되지? 기력은 점점 떨어져가고, 없는 살림에 그나마 버는 돈은 족족 엄마 요양비로 들어가 노후 자금을 모아둘 겨를이 없었다. 힘에 부쳐 더는 일을 못 하게 되면, 중국인들이 시도 때도 없이 고함을 질러대는 통에 잠조차 편히 못 자는 이 아파트에서 보살핌도 받지 못한 채 썩어갈 게 불 보듯 뻔했다. 도대체 몇 명인지 알 수 없는 호 씨 가족 구성원들은 이 아파트에 입주했을 때부터 나를 아예 투명 인간 취급했다. 만약 더 이상 관리비를 내지 못한다면 나는 갑자기 불투명하게 변할 것이고, 그들은 나를 길 한구석에서 비둘기처럼 비참하게 죽어가도록 내쫓아버릴 것이다.

그날 저녁 거울에 비친 몰골을 바라보며 내가 생각한 것은 대충 이런 것이었다.

내 운명에 대한 이토록 극사실주의적인 전망이 얼마나 절망적이었는지, 나는 갑자기 미친 여자처럼 화장을 하고, 향수를 뿌리고, 살구 빛깔의 예쁜 원피스를 꺼내 입었다. 다른 누구도 아닌, 오로지 나만을 위해. 그렇게 거울 앞에 서서 나 자신을 다독이려고 애쓰고 있는데 갑자기 엄청난 폭발음이 연달아 들려왔다. 세 번째 폭발음을 듣고서야 나는 그것이 테러가 아니라 까맣게 잊고 있었던 혁명 기념일 불꽃놀이의 소리라는 것을 깨달았다.

나는 계단을 두 개씩 건너뛰어 아파트 꼭대기 층까지 올라갔다. 젊은 중국인 남녀 한 쌍이 벌써 비상 뚜껑 문을 통해 지붕으로 올라가 자리를 잡고 다정하게 불꽃놀이를 구경하고 있었다. 나, 고 포르트푀 씨의 아내, 짝을 잃은 양말은 홀로 황홀경에 빠져들기 위해 지붕 반대편 끝으로 가서 자리를 잡았다.

나는 양팔을 벌린 채 등을 대고 누웠다. 색색의 꽃다발들 아래 내 몸을 하늘에 내맡기는 동안 형언할 수 없는 쾌감이 나를 사로잡았다.

아파트로 내려와 침대에 눕긴 했지만, 나는 최근에 일어난 일들로 머릿속이 복잡해 잠을 이루지 못하고 이리저리 뒤척였다.

거의 25년째 나무토막에 매달려 내 한심한 삶의 폭풍우 속을 떠다니면서, 나는 언제나 전쟁이나 로토 당첨, 이집트의 열가지 재앙, 아니면 또 뭐가 있을까……. 아무튼 텔레비전 연속극에나 나올 법한 예기치 못한 반전이 일어나기를 기다려왔다. 그런데 마침내 나에게 그런 일이 일어나고 있었다!

오드리 헵번과 나란히 찍은 사진을 쳐다보면서 나는 생각했다. '불꽃놀이 수집이라……. 소녀의 계획치고는 참 야심만만했네.' 불꽃놀이가 여름 하늘에서만 펼쳐진다는 점을 생각하면, 그것을 쫓아 세계를 돌아다니는 일은 결국 끝없는 여름을 사는 것, 지구를 돌며 거대한 파도에 몸을 싣는 서퍼들의 운명을 사는 것을 의미하지 않는가. 새해는 시드니에서, 이어 홍콩과 두바이, 타이베이, 리우, 칸, 제네바를 거쳐, 대미는 세상에서 가장 거대한 불꽃놀이가 펼쳐지는 곳, 100개의 불꽃을 동시에 쏘아 올려 도시 전체를 외계 전쟁터처럼 만드는 마닐라에서.

자신의 커다란 거울 앞에 선 '파티앙스 블루'의 눈을 가진 여자아이의 비전만큼이나 만족스러운 삶의 계획이었다.

그리고…… 지금 10번 고속도로 12번 나들목 근처 어딘가, 시골 한구석에, 그냥 주워 오기만 하면 되는 어마어마한 양의 대마초가 있었다.

베나브델라지즈 가족의 사업에 코를 들이밀기까지 내게 큰 내적 갈등 같은 건 없었다. 솔직히 말하자면, 나는 조금도 갈등하지 않았다. 심지어 거의 본능에 따라, 더 정확하게는 유전적 성격에 따라 움직였다고 말할 수도 있으리라.

죄책감? 그런 것 따윈 전혀 없었다!

사실 법정 통번역사로 일한 첫날부터 이미 나의 개입에 아무런 의미가 없다는 것을 깨달은 터였다.

프랑스에서 1,400만 명이 대마초를 피워본 경험이 있고, 모로코에서는 80만 명이 대마를 재배해 먹고산다. 두 나라는 서로에게 우방국이지만, 내가 몇 날 며칠을 엿듣는 가운데 흥정을 벌이는 꼬맹이들은 그들을 쫓는 형사와 그들을 심판하는 법관의 자식들뿐 아니라 그들을 변호하는 이들까지 모든 사람들에게 대마초를 팔았다는 이유로 무거운 징역형을 선고받는다. 다들 갑자기 끔찍한 악당이 된다. 형사인 내 남자 친구는 매번 나더러 잘못 생각하는 거라고 하지만, 나로서는 온갖 수단을 동원한 그 과도한 제재, 작은 티스푼으로 프랑스를 뒤덮는 대마초의 바다를 퍼내려 하는 그 집요함이,

결국은 아랍인이나 흑인의 신분증을 하루에 열 번씩 검사할 수 있게 해준다는 점에서 무엇보다 '주민'들을 통제하는 수단이라는 생각을 떨쳐버릴 수가 없다.

어쨌거나 마약 밀매는 장장 25년 동안 나를 먹여 살렸다. 나뿐 아니라 마약 퇴치를 위해 일하는 수천 명의 공무원, 그 검은돈이 없으면 굶어 죽지 않기 위해 국가보조금에 기댈 수밖에 없을 수많은 가족까지.

미국조차 처벌 면제 문제에 관한 한 프랑스보다 덜 멍청했다. 말하자면 그렇다는 얘기다. 그들은 진짜 범죄자들을 수용할 자리를 마련하기 위해 주기적으로 교도소를 비웠으니까.

무관용, 무성찰. 어디에서든 늘 1등을 차지했던 작자들이 이끄는데도 프랑스에서 실시된 마약 관련 정책은 언제나 한결같았다. 하지만 다행스럽게도 우리에게는 포도주가 나는 땅이 있다······. 아침부터 저녁까지 진탕 퍼마셔도 행패를 부리지 않는 한 잡아가지 않는다. 무슬림들에게는 안됐지만, 그들도 취하고 싶으면 다른 이들처럼 진탕 마시기만 하면 될 일이다.

이런데도 내가 죄책감을 느낄 거라고? 농담도 무슨 그런 농담을!

삶에 상처 입은 여자는 이렇게 정신적인 무기력에서 벗어났다. 아버지가 가장 좋아했던 책, 다리앵이 쓴 《도둑》의 주인공 랑달처럼, 나는 또박또박 끊어 말했다. "난 이제 희망하지 않아. 난 원해!" 내 가족은 늘 아랍인들과 함께 일했다. 그러니 계속 그리할 수밖에. 불을 보듯 자명한 일 아닌가.

그렇게 나는 새로운 각오와 함께, 통번역과 병간호로 이어지는 일상을 다시 시작했다……. 유명 축구 선수와 잘 수도 있다는 꼬임에 넘어가 프랑스로 건너온 아프리카 아가씨들이 연루된 매춘 알선 사건, 등치기 수법[30]이 사용된 신용카드 절도 사건(도무지 피해 갈 수 없는 이 절도범들은 모두 알제리 부파리크 출신으로, 그들 특유의 절도 방식은 그들뿐 아니라 그것에 대해 빠삭한 나에게도 손쉬운 수입원이었다), 말 한마디 할 때마다 "메카의 코란에 대고" 맹세를 해대는, 보기 드물 정도로 멍청하고 막돼먹은 모로코인 셋이 작당해 벌인 대마초 밀매 사건 그리고 마지막으로 예심판사에 의해 다시 도청 대상에 오른 카디자까지.

사흘 뒤인 7월 18일, 엄마의 두 번째 뇌졸중이 있었다.

---

30 등 뒤에서 신용카드 비밀번호를 훔쳐보고 다시 등 뒤에서 신용카드를 훔친다고 하여 'vol dos à dos'라는 이름이 붙은 소매치기 기술을 뜻한다.

간호조무사들은 엄마의 머리가 하룻밤 사이에 복숭아씨만한 크기로 쪼그라들었으리라 짐작했다. 엄마가 음식물을 전혀 삼키지 못했고, 프랑스어는 한마디도 하지 못한 채 공포에 질린 비명만 질러댔기 때문이다. 요양 병원 측에서는 당장 MRI를 찍게 했고, 그 결과는 간호조무사들의 진단을 확인해주었다. 우뇌 중 겨우 남은 부분은 완전히 사용 불가였고, 좌뇌는 피에 흠뻑 젖어 있었다.

재앙을 확인하기 위해 에올리아드로 달려가보니, 카디자가 엄마의 침대에 앉아 나를 기다리고 있었다.

"고맙다는 말씀을 드리고 싶었어요."

짙은 히잡 색깔이 일주일 동안 잠을 이루지 못해 초췌해진 얼굴의 창백한 안색과 대조를 이루며 그녀의 표정을 더없이 비극적으로 만들었다.

나는 아랍어로 그녀를 안심시켰다.

"부인이 아드님과 나누는 대화를 매일 엿들었는데 그냥 손놓고 있을 수는 없었어요. 아드님 소식은 들었나요?"

"예, 변호사가 잘 지낸다고 전하면서 큰돈을 요구했어요."

거기서 그녀는 잠시 망설이다가 아랍어로 물었다.

"그럼 우리에 대해 샅샅이 아시겠네요?"

"살살이 안다고 할 수 있을지는 모르겠는데, 다섯 달 전부터 부인 가족, 그러니까 부인과 아드님, 오빠 되시는 분, 그리고 농장에서 일하는 운전사까지, 가족의 생활을 추적해왔어요." 내가 프랑스어로 대답했다.

"정말 민망하네요."

"민망해하실 필요 없어요……. 부인도 내 창피한 모습을 들여다보고 있잖아요……. 자기 엄마를 만지지도 못하고, 기저귀도 못 갈아주고, 요구르트 하나 제대로 먹이지 못해 쩔쩔매는 내 꼴을……. 이렇게 헛짓거리를 해대는 내가 오히려 민망해해야죠. 부인은 엄마를 위해…… 그리고 나를 위해 많은 것을 해줬어요."

카디자가 울음을 터뜨리며 프랑스어로 말했다.

"경찰이 집에 들이닥쳐 모조리 부숴놓고 저를 개 취급했어요. 우리도 선량한 사람들이에요, 부인, 악당이 아니라."

"알아요, 삶이 조금 더 윤택하기를 바랐을 뿐이죠. 누구나 다 그러듯이요."

"아들 말로는 제 오빠의 이웃이 우리를 고발했대요. 우리는 수원水原을 찾아냈는데, 그 사람은 아니거든요. 전에는 우리도 집안 땅에 아몬드를 재배했는데, 그 빌어먹을 수원을 찾아낸 오빠가 이제 자기도 드디어 다른 사람들처럼 카르달라를 키울 수 있게 됐다고 생각한 거예요. 카르달라를 재배하려면 물이 많이 필요하거든요."

"거기서 수지를 추출하고 압착까지, 나도 다 알아요."

"예, 오빠가 직접 다 했어요. 일손이 많이 들어가죠. 처음에 나는 결사반대했어요. 근심거리만 생길 것 같았거든요. 그런데 아들아이가 절 설득하더라고요. 사촌이 세관원으로 있으니 아무 문제 없이 국경을 통과할 수 있을 거라고. 제 아들, 아주 똑똑해요. 어딜 가든 1등이었죠. 자격증도 여러 개 땄고요. 그런데 여기서는 아무도 그애에게 일자리를 주려 하지 않아요."

"그 일을 한 지는 얼마나 됐죠?"

"이번이 아마 세 번째 수확일 거예요. 전에는 오빠가 줄기와 꽃을 체에 쳐서 걸러냈기 때문에 시간이 훨씬 오래 걸렸어요. 그런데 아들 녀석이 식물을 얼려서 시간을 단축하는 법을 가르쳐줬죠. 그러니까 사실 그 생산물은 우리 아이 몫이라고 할 수도 있어요. 상표까지 그 아이가 디자인했으니까요. 이미 여러 번 여행을 했는데, 이번만큼 많이 가져온 적은 없었어요……. 나는 이 일이 안 좋게 끝날 줄 알고 있었어요. 하지만 아무도 내 말을 안 들어요. 다행히도 오빠가 우리 몫에 대해서는 사라프에게 환불해줬어요. 안 그랬다면……."

그녀는 가족이 천벌을 아슬아슬하게 면했다는 뜻으로 천장을 향해 두 손을 뻗었다.

"당신들 몫이라뇨, 난 무슨 말인지……."

"트럭에는 아이가 운반만 해준 다른 사람들의 물건도 있었거든요……. 그 사람들, 지금 나를 미행하고 있을 거예요. 확실해요. 길을 걸을 때면 내 등에 와서 꽂히는 눈길이 느껴져요."

"아마 경찰일 거예요. 그들도 마약을 찾고 싶어 하니까."

"아뇨, 아뇨, 난 분명히 알아요. 그 사람들, 아프리카 내지인들이에요. 경찰은 내가 범죄자라도 되는 양 일주일에 두 번씩 경찰서로 와서 서명을 하래요. 교도소로 아들 면회 가는 건 금지했고요. 오빠와 연락하는 것도 안 된다고 했지만, 전 신경 안 써요. 제 딸이 플레이스테이션을 사용하면 도청당할 염려가 없다면서 어떻게 하는지 알려줬거든요."

완전히 혼돈에 빠진 엄마가 겁에 질려 울부짖는 바람에 우리의 대화는 거기서 끊겼다. 엄마가 성한 손가락을 들어 화장실 방향에 있는 상상의 점을 가리키며 소리쳤다.

"Neyn, ikh vet nit! Neyn, ikh vet nit(싫어, 안 갈 거야! 싫어, 안 갈 거라고)!"

"그만해요, 엄마!"

카디자가 얼굴을 부드럽게 쓰다듬어주며 엄마를 진정시켰다.

"아휴, 가엾어라. 병원에서 다시 모셔온 뒤로 계속 이러세요. 밤에는 특히 심하고요. 어르신이 쓰는 말은 아무도 못 알아들어요. 정말이지 많이 무서우신가 봐요."

"이디시어로 '아냐, 싫어!'라는 뜻이에요. 어렸을 때 끔찍한 일을 많이 겪으셨거든요. 진정하시게끔 뭘 좀 드리세요…….
식사할 때 말고는 깨어나지 않게, 종일 자게 하는 약 같은 거요."

"의사가 와서 처방을 해주지 않으면 아무것도 드릴 수 없어요. 하지만 부인은 언제든 뭔가를 가져다드릴 수 있잖아요. 가져다만 주시면 그다음은 제가 알아서 할게요. 그래도 제가 할 수 있는 최소한은 해드려야죠."

"절대 전화번호 바꾸지 마세요. 함부로 바꿨다가는 부인이 뭔가 감추고 있다는 의심을 받을 거예요. 저들이 부인의 전화를 그냥 둔 건 도청을 하고 있다는 뜻이에요. 저들이 아피드가 감춘 마약을 찾아내지 못한 건 아직 엉뚱한 곳, 예를 들면 아피드가 휴대전화를 버리기 전 마지막으로 차를 세운 곳을 뒤지고 있다는 뜻이고요. 전화 통화를 할 땐 아랍어로만 말하세요. 그러면 도청 자료가 계속 나한테 넘어올 거예요. 언제든, 누구에게든 아랍어로 말하세요!"

"아, 알았어요!" 카디자가 공모자의 표정을 지으며 말했다.

"카디자, 내가 당신들 물건을 팔아줄 수 있어요. 물론 아직 어떻게 팔 것인지는 정확하게 모르지만, 내 직업이 직업이다 보니 가능할 것 같다는 느낌이 와요. 날 믿어도 된다는 건 이미 행동으로 보여줬고……. 실은 나도 돈이 필요하거든요! 내가 평생 번 돈은 딸들 키우고 엄마 요양비 내느라 다 썼어요. 아주 빨리 다른 뭔가를 하지 않으면 거지처럼 비참하게 죽고 말 거예요."

그러자 그녀가 손으로 내 팔을 다독이며 말했다.

"내 전화 사용해도 되는 거, 확실해요?"

"확실하니까 걱정 마요."

"그럼 제 오빠하고 만남을 주선해볼게요. 내일."

그것이 무엇을 의미하는지, 그 자리에서는 이해하지 못했다.

이튿날 디아제팜[31]을 사 들고 같은 시각에 요양 병원 문을

---

31 정신안정제의 일종.

들어서는데, 카디자가 음모를 꾸미는 사람의 표정으로 나를 부르더니 엄마 방으로 데려가 열쇠로 문을 잠갔다. 내가 최대 복용량이 다섯 방울인 디아제팜을 스무 방울이나 떨어뜨려 시퍼렇게 변한 음료를 엄마에게 마시게 하는 동안, 카디자는 요양 병원의 노트북 하나에 게임 콘솔을 연결해 GTA5 비공개 게임을 시작했다.

그녀는 내 아바타로 아주 긴 백발에 눈이 파란…… 운동선수 같은 젊은 여자를 선택했다. 이내 아바타가 정글 한가운데 자리한 군사용 활주로에 모습을 드러냈다.

프로펠러가 두 개 달린 커다란 비행기가 착륙하고, 거기서 중년의 남자가 내렸다.

"보세요, 제 오빠예요." 카디자가 자랑스럽다는 듯 말했다.

중년의 남자가 아주 빨리 나를 향해 달려오기 시작했다.

나는 놀라 입을 다물지 못한 채였다. 움직임이 멈추자, 두 아바타는 팔을 늘어뜨린 채 무게중심을 한쪽 다리에서 다른 쪽 다리로 옮겨가며 대기했다.

"말하세요, 듣고 있으니까."

"안녕하세요. 당신이, 그러니까…… 무함마드인가요?"

"예."

그러고는 아랍어로 대화가 이어졌다.

"누이한테 나와 얘길 나누고 싶다고 했다면서요."

"당신 물건을 팔기 위해 접선할 사람이 더는 없다는 거 알아요. 접선책, 그걸 내가 제공해줄 수 있어요. 도청이 내 직업이거든요. 가령 요즘엔 파리 남부, 그러니까 나시옹, 뱅센, 생모르에 상당수의 고객을 확보한 모로코인들의 통화를 도청하고 있죠."

긴 침묵이 이어졌다.

"당신이 말하는 모로코인들이 누군지 난 몰라요."

그는 상냥함과는 거리가 먼 촌사람이었다.

"이름을 알려드릴 테니 믿을 만한 사람들인지 확인해보고 결정하세요."

"그래요……. 믿을 만해야……."

"그 사람들하고 일하게 되면, 내가 늘 경찰보다 한발 앞설 테니 단기간에 큰돈을 만질 수 있을 거예요."

큰돈을 만진다. 도청을 해오며 여러 차례 들어본, 저속하긴 해도 군침이 도는 말. 아이들에게 과자를 주겠다는 약속이 그렇듯 이 표현에 마약 딜러들을 구워삶는 힘이 있음을 나는 알고 있었다.

"이 사업에 대해 아무것도 모르잖아요."

"가장 질이 떨어지는 게 모로코에서 킬로그램당 250에서

300유로 정도 하고, 일단 스페인 국경을 넘으면 800유로에 거래되죠. 파키스탄제는 스페인에서 1,200유로에 사서 2,500유로에 팔아요. 당신이 생산하는 '올리브'는 워낙 귀하기 때문에 모로코에서 1,400유로, 스페인에서는 4,000유로쯤 하죠. 스페인에서 프랑스로 건너오면 킬로그램당 평균 1,000유로가 더 붙고요. 참, 가루 방식으로도 한번 해봐요. 내가 말한 그 사람들, 돈이 아주 많은 고객을 확보하고 있거든요. 당신 물건 정도면 소매로 킬로그램당 5,000유로까지 받을 수 있을 거예요. 요즘 시장에 나오는 물건의 질이 워낙 안 좋아서."

"그래요……. 그러면 당신 몫은 얼마나……."

"소매가의 20퍼센트."

"음……."

"나는 지금 당신에게 지속적이고 안정된 조직을 만들어서 내가 도청을 통해 장기간의 테스트를 거친 뒤 골라낼 다수의 고객에게 물건을 꾸준히 공급하자고 제안하는 거예요. 게다가 지금 당신 물건은 허허벌판에 있죠. 조카가 당신에게 그걸 어디다 감췄는지만 말해주면, 카디자와 내가 찾아서 안전한 곳에 보관할 수 있어요. 날 믿어도 돼요."

"그게 어디 있는지 내가 어떻게 알겠어요? 도로 주변 어딘가에 있겠죠! 아피드가 나한테 GPS 좌표도 안 보내줬어요. 숨길 곳을 찾기도 전에 당신이 어서 휴대전화를 버리라고 재촉하는 바람에. 당신의 그 훌륭한 생각 탓에 난 그 녀석이 연락해올 때까지 기다릴 수밖에 없게 생겼어요."

"내가 그 생각을 안 해냈다면 모든 게 날아가버렸을걸요. 그 물건이 아직 당신 것으로 남아 있는 건 순전히 내 덕이라고요. 그런데도 난 당신한테서 아직 고맙다는 말 한마디 못 들은 것 같네요."

아닌 게 아니라 나는 슬슬 성질이 나기 시작한 참이었다.

"그렇긴 한데……."

"양이 얼마나 됐죠?"

"그런데 솔직히 내가 왜 당신하고 이런 얘길 나누고 있는지 난 그 이유조차 모르겠군요."

그의 아바타가 나를 정글에 홀로 남겨둔 채 모니터에서 사라져버렸다.

"제 오빠가 좀 구닥다리예요." 카디자가 사과하듯 내게 말했다.

"구닥다리라뇨?"

"부인이 배운 여자라서 자존심이 상한 것 같아요."

"무슨 그런……. 기가 막혀서!"

"그러니까요!"

"여자라는 이유로 평생 질책만 듣고 살았는데, 죽을 때까지 그러겠군."

"저도 마찬가지예요. 좋을 대로 하라죠! 난 이대로의 내 삶이 좋아요."

완전히 몽롱한 상태에 빠져 있던 엄마가 우리의 대화를 다 듣고 있다는 표정을 지으며 슬며시 웃기 시작했다. 우리는 말없이 한참 동안 그녀를 바라보고만 있었다.

"언젠가 엄마가 이야기를 하나 들려줬는데…… 난 그게 사실인지 늘 궁금했어요. 전쟁이 끝나갈 즈음, 엄마가 아주 심각한 병에 걸려 열이 41.5도까지 치솟았대요. 주변에 있던 사람들이 입을 모아 그날 밤을 넘기지 못할 거라며 엄마의 병세에 대해 왈가왈부하는데, 갑자기 베개에 엄마의 머리에서 나오는 듯한 광채 비슷한 것이 비쳤대요. 그러자 모두가 무릎을 꿇고 엄마가 성녀라며 기도를 올리기 시작했다는 거예요. 기적 따윈 전혀 믿지 않는, 무엇보다 자기 딸이 어떤 은총을 받았으리라고는 전혀 생각하지 않았던 할머니만 빼고요. 할머니가 허리를 숙여 그 광채를 유심히 살펴보니, 그건 죽

어가는 엄마의 머리를 줄지어 떠나는 이[虱]들의 행렬이었대
요. 그런 거 듣거나 본 적 있어요?"

"아뇨, 한 번도 못 들어봤어요."

"맞아요, 나도 그렇게 생각했어요."

이틀이 지났다. 파리 10구에 있는 사법경찰 2국에서 한창
보호 유치자 심문조서를 번역하고 있는데, 휴대전화에 요양
병원의 번호가 뜨면서 집요하게 울려댔다.

나는 결국 하던 일을 멈추고 수없이 머리를 조아린 뒤 전화
를 받았다. 요양 병원 원장이었다.

"당장 와주셔야겠요. 모친께서 밤새 잠시도 쉬지 않고
비명을 질러댔어요. 게다가 간호조무사를 마구 때리는 바람
에 그 조무사는 얼씨구나 하고 병가를 내버렸고요. 모두를
위해 모친을 호스피스로 모셔야 할 때가 온 것 같아요. 아니
면 간병인을 한 명 더 쓰시든지."

"지금 당장은 자리를 비울 수가 없어요. 두 시간 후에 휴식
시간을 틈타서 갈게요."

"기분 나쁘게 듣지 마세요. 저희는 모친 같은 중환자를 모
실 수가 없어요. 간호조무사가 여섯 명은 있어야 하는데, 여
기서는 단 세 명만으로 겨우겨우 버티고 있거든요. 공동생활

을 하는 곳에서 모친이 밤낮없이 비명을 질러대니 다른 입주자들, 특히 안 그래도 한여름에는 관리하기가 힘든 알츠하이머 환자들이 몹시 불안해해요."

"엊그제 가서 뵀을 때는 차분했는데요. 카디자가 아주 정성스레 보살피고 있고, 또……."

"카디자는 사망했어요!"

"뭐라고요?"

"어제저녁 집 앞에서 누가 가방을 훔치려고 덤비는 바람에 심장마비가 왔다나봐요. 예, 저도 알아요, 정말 끔찍하죠. 모두 충격이 이만저만이 아니에요. 모친께 더 적절한 해결책을 급히 찾아야 하는 것도 바로 그 때문이에요. 제가 호스피스에 자리를 하나 찾아놨으니까, 부인은 오셔서 서명만 하시면 돼요."

최선을 다해 집중하려 애쓰며 심문조서 번역을 끝마친 나는 즉시 택시를 잡아타고 에올리아드로 달려갔다.

엄마의 병실이 있는 층에 도착해보니, 카디자의 동료들도 몹시 당혹스러워하고 있었다. 공식적으로는 한 무리의 악당이 그녀의 아파트 안까지 쫓아 들어가 폭행을 가하고 가방을 빼앗으려 했으며, 그 와중에 그녀가 심장마비를 일으킨 것으로 되어 있었다. 하지만 내 생각은 달랐다. 이 죽음에 책임이 있는 사람들은 그녀의 아들이 운반한 마약의 다른 소유주들이 분명했다. 그녀가 나에게 털어놓았던 북아프리카 내지 출신의 미행자들 말이다. 아니면 단순히 일드프랑스의 마약 딜러들이 교도소 소식통을 통해 베나브델라지즈라는 자와 그의 비트리 패거리가 다량의 고품질 마약을 분실했다는 정보를 입수했던 것일까? 어쨌거나 놈들은 아피드가 마약을 어디에 숨겼는지 털어놓으라며 불쌍한 카디자에게 상당한 압박을 가했을 것이고, 그 바람에 그녀의 심장이 발작을 일으킨 게 분명했다.

그렇게 된 것이다. 이미 나는 사업에 깊숙이 발을 들여놓은 터였다. 아버지가 이를 악문 채 집에 돌아올 때면 그가 우리에게 감췄던 마당 한쪽, 쓰레기통들을 쌓아두는 그곳에 우리 모두 슬며시 찌그러지는 게 신상에 이롭다는 걸 눈치챈 그 순간부터.

간호조무사가 몰래 먹인 약의 기운에서 벗어난 엄마는 그야말로 고삐가 풀려, 마치 물에 빠진 사람처럼 침대에서 허우적대며 미친 듯이 악을 써댔다. 더럽고 헝클어진 머리카락, 악을 쓰느라 뒤틀린 반쯤 마비된 얼굴을 지켜보는 것은 내

능력 밖의 일이었다.

그래서 나는 대기 모드로 빠져들었다. 그 순간 엄마의 머리 위로 삐죽삐죽 솟아오른 희끗희끗한 머리 타래를 멍하니 쳐다보면서 내 뇌리를 스쳐 간 유일한 생각은, 저렇게 머리가 세어서 이곳에 입원하기 전까지 엄마의 머리칼을 제대로 본 적이 없다는 사실이었다. 젊었을 적 모습은 흑백사진으로밖에 못 봤기 때문에 나는 엄마의 머리칼이 원래는 갈색이라는 사실조차 모르고 있었다.

나는 원장이 내미는 서류들에 서명했다. 원장은 고약한 냄새가 나는 커다란 짐승을 서둘러 치우듯 구급차를 불러 엄마를 인간의 노쇠라는 거위 놀이[32]의 마지막 칸, 호스피스로 즉시 실어 보냈다.

사업상의 이유로 어조를 누그러뜨릴 필요가 전혀 없게 되자, 그녀는 이제 차갑고 날카로운 목소리로 다음 날 다른 입주자를 받으려면 당장 청소를 해야 하니 방을 비워달라고, 그것도 아주 빨리 비워달라고 요구했다. 손톱깎이, 머리빗, 보습 크림, 쿠션, 스카프, 우주복……. 이것들이 엄마의 물질적인 삶에서 남은 모든 것이었다. 물건들을 모조리 상자에

---

32 우리의 윷놀이와 유사한 보드게임.

쓸어 담으면서, 나는 살아오는 동안 이 끔찍한 장면을 이미 여러 번 경험한 적이 있다는 느낌을 떨쳐버릴 수 없었다.

내가 병실을 나설 때쯤에는 청소부들이 벌써 청소를 시작하고 있었다. 엄마가 감춰둔 물건들 중에서 나는 내가 거금을 주고 산 것, 흰색과 밤색과 검은색이 섞인 실물 크기의 봉제 인형으로 눈먼 엄마의 품에서 젊은 시절 키우던 애견 슈누키의 자리를 대신해온 폭스테리어 인형만 챙겼다. 나머지는 요양 병원에 그냥 놔둔 채, 하던 일을 마무리하기 위해 곧장 사법경찰 2국으로 되돌아갔다.

엄마가 키우던 슈누키는 1938년에 엄마와 엄마 가족이 독일군을 피하려고 배에 올라 다뉴브강을 건널 때 물에 빠져 죽었다. 개는 겁에 질려 허둥거리다 강으로 뛰어들었고, 엄마가 무기력하게 지켜보는 가운데 물결에 실려 떠내려갔다. "내 평생 눈물을 흘린 건 그때가 유일했어요." 엄마는 사람들더러 들으라는 듯 떨리는 목소리로 이렇게 이야기하곤 했다. 말할 필요도 없이, 이렇게 사람들 앞에서 쇼를 할 때마다 나는 정말이지 엄마를 죽이고 싶었다.

나는 버스에 올라앉아 옆 좌석에 폭스테리어 인형을 세워두었다. 기분이 그리 좋지는 않았다. 쇼크 상태에 빠진 백발의 아줌마가 봉제 인형을 옆에 세워둔 채 앉은 모습이 가관이었던지, 승객 둘이 SNS에 올리기 위해 휴대전화로 슬쩍 내 사진을 찍었다. 그들은 사진에 어떤 글을 달까? 모르는 게 낫지!

일터에 도착한 나는 삼류 형사물 영화 포스터가 다닥다닥 붙은 휴게실로 가서 커피를 따라 마시며 부서에서 다시 나를 찾을 때까지 기다렸다. 머리가 아팠다. 모포를 씌워놓은 믹서처럼 묵직하게 윙윙대는 소리가 머릿속에서 울려 퍼졌다. 견딜 수가 없었다. 남편처럼 내 머릿속에서도 혈관 하나가 터져버리는 게 아닌가 싶은 생각까지 들었다.

그때껏 나는 나의 무기력과 그 끔찍한 요양 병원을 끊임없이 들락거려야 하는 내 신세 때문에, 엄마가 보여주는 무시무시할 정도로 참담한 광경 때문에 울곤 했다. 그런데 우주복 차림으로 자기 자신이 누군지도 모른 채 횡설수설하는 엄마를 본 지금, 나는 인간 조건의 바닥까지 내려가버렸다……. 그 바닥이 얼마나 아득한지 아찔할 정도였다.

소름이 끼쳤다.

이러다가 사법경찰 2국 휴게실에서 커피 잔을 손에 든 채 귀에서 피 흘리는 모습으로 발견될지도 모를 일이었다. 그 와중에도 살기 위해 얼마나 용을 썼는지. 테스토스테론에 기반한 영화의 포스터들이 덕지덕지 붙은 그 우스꽝스러운 휴게실에서 커피 잔을 꽉 움켜쥐고 있는 내 시신을 발견하면, 내 딸들도 지금의 나와 같은 기분을 느끼겠지…….

그 순간 우레 같은 개 짖는 소리에 나는 소스라쳤다. 탐지견 부대의 플래툰과 레이저가 커피 자판기 위에 올려놓은 봉제 인형을 문틈으로 보며 마구 짖어대고 있었다.

나는 녀석들에게 인형을 보여주고 진정시키기 위해 밖으로 나갔다. 나를 알아보자 개들은 곧바로 꼬리를 치며 달려들었고, 그들 덕분에 나는 바닥에서 수면으로 올라올 수 있었다.

"녀석들이 부인을 아주 좋아하네요." 탐지견 부대 대원으로 아주 싹싹한 30대의 안경 쓴 젊은 남자가 말했다.

"나도 개를 많이 좋아하는데, 개를 키우기에는 아파트가 너무 좁아요."

"개에게 필요한 건 주인과 같이 있는 거예요. 아파트 크기는 상관없죠. 레이저가 곧 은퇴하고 주인을 찾아야 하는데 부인과 잘 통하는 것 같으니 원하시면 예약해둘게요."

"당신이 주인 아니에요?"

"아뇨, 걔들은 부대 소속이고, 아홉 살이 되면 은퇴해요."

"은퇴하면 어떻게 되는데요?"

"데려가겠다는 사람이 안 나타나면 안락사시키죠."

바로 그때 번뜩 떠오른 생각이 개 인형을 팔에 낀 채 서 있던 나를 사로잡았다······. 개의 형태로 찾아온 깨달음의 순간!

"저 녀석, 내가 당장 입양할게요!"

"말씀드렸다시피 저 녀석 은퇴까지는 아직 1년이 남아 있는걸요. 좋은 일을 하고 싶으시다면 경찰견들을 위한 특별한 보호시설을 알려드리죠. 인터넷에 홈페이지도 있을 겁니다."

"특기를 선택할 수도 있나요?"

"사진 아래에 전력이 적혀 있어요. 예를 들어 아이들이 있는 집에는 사람을 물 수도 있는 순찰견은 절대 분양하지 않을 겁니다."

"레이저처럼 모두 몸집이 큰가요, 아니면 작은 것들도 있나요?"

"말리노이즈가 가장 많아요. 잠깐만요, 보여드릴게요."

그가 아이폰으로 케이지에 갇혀 안락사를 기다리는 개들의 사진을 줄줄이 보여주었다.

안 그래도 이미 우울했던 기분에 애원하는 표정으로 카메라 렌즈를 뚫어지게 응시하는 그 가엾은 개들을 보자 둑이 무너져버렸다. 울음을 멈출 수가 없었다. 한계에 도달한 나는 소리 내어 엉엉 울어댔다.

"이것 참, 죄송해요." 형사는 당황해 어쩔 줄을 몰랐다.

"아뇨, 아니에요, 어디 봐요." 내가 훌쩍이며 말했다. "요즘 신경이 좀 날카로워져 있어서 그래요. 레이저 같은 마약 탐지견들을 보고 싶어요. 가장 말을 잘 들을 것 같아서."

"이 녀석, 상토르는…… 특기가 폭발물 탐지네요."

"아뇨, 마약 탐지견으로!" 내가 딸꾹질을 해대며 재촉했다. 모르긴 해도 아마 미친 여자 같았으리라.

"ADN[33]…… 그런데 이 녀석은 정말 못생겼네요. 꼭 캥거루 같아요. 'ADN, 9세, 특기는 마약과 지폐 탐지…….'"

흰색과 검은색 얼룩이 있는 털, 자전거 핸들처럼 생긴 귀, 소시지 같은 몸통에 비해 너무 긴 다리, 생긴 게 영 아닌 것은 사실이었다. 말리노이즈와 알 수 없는 종의 피가 섞인, 그야말로 잡종이었다.

---

33 DNA를 뜻하는 프랑스어.

하지만 사진 속의 ADN은 웃고 있었다. 미래의 주인에 대한 신뢰로 가득한 열렬한 미소였다.

"어서 보호시설에 전화해봐요. 어쩌면 거기서 이미 이 아이를 죽였거나 오늘 저녁에 죽일지도 모르잖아요!"

"정말 입양하시려고요?"

"예, 그래요, 웃고 있는 이 개를 입양하고 싶어요. 빨리 전화해요! 내가 오늘 당장, 문 닫기 전에 들러서 ADN을 데려간다고 얘기해줘요."

가엾게도 청년은 미친 여자 같은 내 표정에 겁을 집어먹고 한 걸음 뒤로 물러섰다.

"들어봐요, 내 엄마는 며칠 안에 돌아가실 거예요. 두 시간 전에 구급차에 실려 호스피스로 가셨거든요. 당신은 개를 사랑하니까 내가 무슨 말을 하는지 알겠죠. 난 이미 두 마리를 안락사시켜봤기 때문에 그게 어떤 건지 알아요. 주사를 놓으면 그 아이들은 당신을 바라보죠. 자꾸 감겨오는 눈하고 필사적으로 싸우면서요. 그들이 왜 그러는지 아세요? 당신을 지극히 사랑하기 때문에, 당신을 두 번 다시 보지 못하리라는 것을 알기 때문에 당신의 모습을 가져가려고 그러는 거예요. 개는 신을 믿지 않거든요. 참 똑똑하죠, 사람들하곤 다르게……. 내 엄마는 개보다 못한 죽음을 맞을 거예요. 그들은 엄마를 굶어 죽게, 이 덜떨어진 나라 사람들이 흔히 말하듯 '자연스러운 방식으로' 죽어가게 내버려두겠죠. 나는 엄마의 손을 잡아주러 가지 않을 거예요. 왜냐하면…… 끔찍하니까요. 그래서 오늘 저녁 ADN을 당장 입양해야 해요. 안 그러면 이 아이 역시 죽게 될 테니까. 차마, 차마 그렇게 둘 수는 없어요. 제발 당장 전화해줘요."

그는 당장 전화를 걸었다.

우리는 함께 그곳으로 갔고, 7월 23일의 낮이 저물 무렵 ADN은 내 집에 와 있었다.

나는 녀석의 모든 것이 마음에 들었다. 얼룩덜룩한 털도 마음에 들었고, 나만큼이나 불균형한 체형도, 우렁차게 짖어 마침내 이웃들의 소란을 덮어버리는 것도, 내가 어딜 가든 즉시 내 발치로 달려와 마치 개의 형태를 띤 그림자처럼 착 들러붙는 것도 마음에 들었다.

그렇게, 엄마는 내 뇌리에서 완전히 지워져버렸다.

ADN이 내 집에 발을 들인 순간부터 나는 쉬지 않고 녀석에게 말을 걸었다. 그만큼 얘기할 게 많았다. 장장 25년 동안 누구와도 진정으로 뭔가를 나누지 못한 사람에게는 개와 나눌 수 있는 대화의 주제가 무궁무진할 수밖에 없다.

게다가 우리에게는 급히 해치워야 할 일이 있었다.

"자, '구글 어스'로 그 멍청한 모로코 녀석이 화물을 감췄을 만한 곳을 한번 찾아보자꾸나. 네 생각은 어떠니?"

ADN이 축축하게 젖은 눈으로 나를 빤히 쳐다보았다. "멍!" 녀석도 찬성이었다.

장빌과 알렌을 잇는 10번 고속도로의 12번 나들목.

나는 '스트리트 뷰'를 클릭하며 세 시간을 보냈다. 책상 컴퓨터 앞에 앉아 떠나는 가상의 여행 말고는 휴가를 거의 떠나지 않는 내가 애용하는 앱이었다.

고속도로 오른쪽부터 시작했다. 아피드가 남쪽에서 올라왔음을 고려할 때 그것이 가장 자연스러워 보였다.

만약 내가 공황 상태에 빠져 화물을 감출 곳을 찾는 아피드라면? 구덩이를 팔 시간도 삽도 없고, 대체 누가 언제 그 귀한 화물을 찾으러 오게 될지 알 수가 없으니 일단 비를 피할 만한 곳을 찾았을 거야. 나는 교차로가 나올 때마다 마치 현장에서 주변을 둘러보듯이 커서를 360도로 돌려보았다. 상당량의 마약을 몰래 감출 만한 곳은 전혀 보이지 않았다.

무엇보다 그곳은 보스였다. 손바닥처럼 편편한 지역. 누가 그냥 서 있기만 해도 수 킬로미터 떨어진 곳에서 볼 수 있을 만큼 편편한 곳이다. 인가와 가까운 곳은 불가능하다. 다들 심심해 죽을 지경인 그곳에 트럭 소리가 들리면 너나없이 창문으로 내다볼 게 빤하니까. 지름 5킬로미터의 원 안에는 끝없이 펼쳐진 벌판과 사람들이 사는 농가, 그리고 마을들뿐이었다. D1183에서는 울타리로 완전히 둘러싸인 건축자재 창고, 전기계량기들을 보호하는 높은 건물, 작은 숲 말고는 아무것도 찾아내지 못했다. D118에도 사람들의 눈을 피할 수 있는 곳이라고는 작은 숲 두 군데뿐이었다. 아피드가 더 멀리 갔다 하더라도 다른 장소를 찾을 수는 없었을 테니 아마 되돌아왔을 것이다. 그 몇몇 장소를 제외한 모든 곳이 노출되어 있었다.

이튿날, 숨이 턱턱 막힐 만큼 더운데도 내 개와 나는 지나치게 낙관적인 현장 원정에 뛰어들었다.

건축자재 창고부터 시작했다. 우리는 농로를 통해 뒤쪽에서 접근했는데, 막상 도착해보니 그곳은 일종의 채석장이었다. 치마가 말려 올라간 채 물웅덩이에 처박힌 여자라도 보게 되는 건 아닌지 사뭇 긴장하게 되는 살인의 현장 같은 곳. ADN을 풀어놓았지만, 녀석은 토끼를 발견하고 달려갔을 때를 빼면 줄곧 꼬리를 살랑살랑 흔들며 나만 졸졸 따라다닐 뿐이었다. 그렇게 우리는 아주 늦게까지 주변의 작은 숲들,

진흙투성이 실개천들 주변에 나무가 100여 그루씩 모여 있는 숲속을 탐험했다.

내 예쁜 회색 스웨이드 가죽 신발이 물 빨아들이는 소리를 내며 물컹물컹한 땅에 푹푹 박히자 문득 회의가 느껴지더니, 뿌리에 발이 걸려 넘어졌을 때부터는 그 땅 전체를 저주하기 시작했다.

카디자가 죽은 이후로 벌써 나흘을 허비했다. 경찰이나 마약 딜러들과 마주칠 확률이 시시각각 커지고 있었다.

내가 여기서 뭘 하고 자빠진 거지? 내 개가 더는 냄새를 못 맡는다면? 아피드가 내 생각보다 멍청해서 그냥 무작정 눈에 띄는 구덩이에 마약을 버렸다면?

이제 와 다시 생각해보면, 내 상황이 얼마나 절망적이었으면 그따위 계획을 믿을 수 있었을까 싶다. 빚쟁이들의 독촉에서 벗어나기 위해 로토에 매달리는 미친 여자 같지 않았을까.

적어도 내가 확신하지 못하던 것 중 하나, ADN의 후각 상태에 대한 의심은 돈 한 푼 들이지 않고 떨쳐버릴 수 있었다.

새벽 2시가 다 되어 집으로 돌아가는 길에, 우리는 소변을 보려고 대마초 거래가 공공연히 이뤄진다는 파리 10구의 앙비에르주 거리에 잠깐 멈췄다. 차 문을 빼꼼 열자마자 ADN

은 총알같이 뛰쳐나가 한 흑인 딜러의 다리 사이에 주둥이
를 들이밀고 킁킁거렸다. 딜러는 겁에 질려 자동차 보닛 위
로 뛰어올랐다. 휘파람을 불자 ADN은 즉시 내게로 달려왔
고, 우리는 다시 출발했다. 그러니 개의 후각에는 아무 문제
가 없는 셈이었다.

　몇 시간 눈을 붙인 뒤, 나는 다시 보스로 돌아가 다른 방식
으로 문제에 접근해보았다. 아피드의 공황 상태를 흉내 내
며 고속도로를 부리나케 빠져나왔고, 교차로에 들어설 때마
다 멀리 마약을 감출 만한 곳이 보이는 방향으로 핸들을 꺾
었다. 그 짓을 네 번이나 반복하면서 그럴듯한 장소가 나타
날 때마다 ADN을 풀었다. 그렇게 어느 순간, 우리는 장빌과
알랭빌을 잇는 작은 길에 들어서 있었다. 벌판을 가로질러
10번 고속도로와 나란히 달리는, 거대한 풍력 터빈들에 에워
싸인 농로였다. 저 멀리 도관과 자갈, 드럼통 따위가 쌓여 있
는 기술 구역이 보였다. 아이폰을 들여다보면서, 나는 왜 진
작 구글 어스에서 그곳을 발견하지 못했는지 깨달았다. 위성
촬영 순간에 그곳이 작은 구름으로 가려졌던 탓이었다.
　ADN이 미친 듯 짖어대며 차에서 뛰쳐나가 드럼통과 자
갈 더미 사이를 돌아다니기 시작했다. 그 즉시 나는, 마치 누

군가 드럼통을 비우려고 안에 있는 것을 사방에 뿌리기라도 한 듯 근처 식물들이 누렇게 시들어가고 있는 것을 알아차렸다. 머리빗 손잡이를 지렛대 삼아 드럼통 하나의 뚜껑을 따보니…… 거기 대마초가 있었다. 모로코 가방의 형태로, 다시 말해 셀로판으로 꽁꽁 싸매 손잡이로 한 번에 들 수 있게 만든 거대한 대마초 덩어리들이 거기 들어 있었다. 하나당 20킬로그램은 족히 나가 한 손으로 들면 팔이 빠질 것 같았다.

첫 번째 통에는 두 묶음이 들어 있었다. 막대기로 두들겨보고서야 나는 다른 통들 역시 무언가로 가득 차 있다는 것을 확인할 수 있었다. 자갈 더미 속에도 1킬로그램씩 묶은 대마초들이 감춰져 있었다…….

문득, 내가 너무 무분별하게 행동한 게 아닌가 하는 생각이 들었다. 바로 코앞에, 그 풍력 터빈 밑에, 수백만 유로를 호가하는 대마초가 있었다. 마약을 어디다 숨겼는지 털어놓게 하려고 악당들이 베나브델라지즈 집안 사람들을 몇 명이 됐든 죽도록 고문하고 그 장면을 영상으로 찍어 아피드에게 보낼 수도 있었다. 경찰이 마약을 먼저 손에 넣기 위해 아피드와 운전사를 철저하게 격리하고 있는 게 분명했다. 그게 아니라면 악당이든 경찰이든 이 보스 촌구석에 이미 쫙 깔렸을 테니까.

아피드의 누이가 내 주소를 알아내기 위해 에올리아드의 서류를 뒤졌을지도 모른다는 생각에 잠시 겁이 나기도 했다……. 하지만 사실 그 점에 대해서는 걱정할 필요가 없었다. 그녀에게 최소한의 생존 본능이 있다면 엄마가 죽자마자 북아프리카 내지 구석에 깊이 숨어버렸을 테니까. 내가 마약을 찾아낼 수도 있다는 걸 아는 사람은 아피드뿐이었고, 그는 감옥에 있었다.

자동차 뒷좌석에 실을 수 있는 모든 것, 다시 말해 대마초 덩어리로 터질 듯한 모로코 가방 세 개와 이케아 비닐 팩 두 개를 싣는 내내 나는 공황 상태에 빠져 있었다.

일단 고속도로로 올라오자 서서히 긴장이 풀렸다. 마약 기운에 완전히 취한 것도 알아채지 못한 채 르노[34]의 〈젊은 패거리〉 가락에 맞춰 "나는야 고 패스트, 혼자서도 고 패스트……"라고 목이 터지게 노래를 불러대는 나 자신을 발견하고 깜짝 놀랐다. 셀로판으로 둘둘 말았는데도 대마초 냄새가 어찌나 진동하는지 파리에 도착했을 때는 마치 내가 열 대

---

34 프랑스의 가수이자 음악 감독.

나 말아 피운 기분이었다. 가엾은 ADN도 아주 묘한 상태에 빠진 모양이었다. 대마초 냄새가 후각을 자극하여 녀석을 잠속으로 밀어 넣었는지, 몇 리터나 될 법한 거품을 입에 문 채 등을 대고 잠들어 있었다.

주차장에 차를 대고 100킬로그램이 넘는 대마초를 최대한 빨리 내 아파트로 옮겼다. 그런 다음, 나머지도 모조리 가져오기 위해 짐차를 빌려 곧바로 다시 출발했다.

나는 두 딸 모두 해외여행을 떠나게 해줘서 고맙다며 하늘을 찬양했다. 또한 돈이 무진장 들어가는 공사 끝에—공동소유자의 투표로 결정했고 내가 반대표를 던지긴 했지만 호 씨 가족이 건물 전체를 되샀기 때문에 순전히 형식에 지나지 않는 절차였다—지하실을 창고로 개조한 중국인 이웃들도 찬양했다. 그들 역시 내가 모를 모종의 뒷거래로 재미를 톡톡히 보는지, 플라스틱 천으로 된 거대한 가방을 들고 지하실과 아파트를 오르내리곤 했다. 나는 마지막으로, 그리고 생애처음으로, 타고난 내 농사꾼의 체격을 축복했다. 20킬로그램짜리 가방을 양손에 하나씩 들고 종종걸음을 치면서, 나는 수 세대에 걸쳐 아이들과 루타바가[35]를 이고 지고 유대인 촌

---

35 스웨덴 순무.

구석을 돌아다니던 질기디질긴 여인들을 내 몸속에서 느낄 수 있었다.

나는 풍력발전소 단지를 돌아다니며 모든 걸 하나하나 원래 상태로 돌려놓은 뒤 내가 거쳐 간 흔적들을 꼼꼼하게 지웠다……. 그리고 아마 믿지 못하겠지만, 도로를 벗어나 오른쪽 지방도로로 진입하는 순간, 맞은편에서는 사륜구동차들의 행렬이 먼지구름을 뚫고 달려오고 있었다. 적어도 3킬로미터쯤 더 달려 자동차가 고속도로에 무사히 진입할 때까지는 심장이 고동을 멈춘 듯했다.

딱 3분만 늦게 도로로 올라왔다면 나는 이미 죽은 몸이었을 테고, 내 시체가 하필이면 왜 거기 자빠져 있는지 아무도 이해하지 못했을 것이다. 보스 한가운데 펼쳐진 벌판에서 발견된 내 시체는 산불 진화용 살수 비행기에서 투하된 잠수부만큼이나 불가사의했으리라.

지하 창고는 부모님이 남긴 가구들로 꽉 차 발 디딜 틈조차 없던 터라, 그 많은 대마초를 모두 아파트 안에 쌓아둘 수밖에 없었다. 대마초에 부딪치지 않고는 걸음조차 내딛지 못할 지경이었다. 누구나 알 수 있는 대마초 수지의 기름진 냄새가 온 공간을 점령해 숨도 제대로 쉴 수 없었다.

나는 창문을 모두 닫고 방풍 천으로 문 아래 틈까지 꼭꼭 메웠다. 하지만 그래도 냄새가 계속 층계참으로 새어 나가 이웃집에서 풍기는 누옥맘[36] 냄새와 동족상잔의 혈투를 벌였다. 결국 나는 전리품을 넣어둘 밀폐 용기 50여 개를 사기 위해 다시 외출해야만 했다. 이틀 동안 잠 한숨 제대로 못 자 등이 결리는데도 이 모든 일을 해치웠다.

마지막으로, 나는 일거리를 찾아 어슬렁대는 떠돌이 집시 두 명을 소리쳐 불렀다. 그들은 부모님이 남겨준 중세 골동품들로 가득한 지하 창고를 비우기 위해 망가진 트럭을 몰고 왔다.

그들이 어떻게 이런 횡재가 굴러들었는지 믿을 수 없다는 표정으로 투구 모양의 등과 오를레앙 공방전을 묘사한 장식 융단 시리즈, 스페인 종교재판소풍 가구 같은 진귀한 것들을 트럭에 싣는 동안, 나는 총열이 짧은 아버지의 357 매그넘을 챙겼다.

사실 나는 오래전부터 그 권총을 버리려고 마음먹고 있었다. 무기를 워낙 싫어하는 데다, 그 무기로 인해 사람들이 죽었고, 그들의 시신이 '사유지'의 마당 한쪽 구석에 묻혀 있기

---

36 베트남의 생선 젓국.

때문이었다. 어느 날 누군가가 그 유골들을 발견하게 된다면 필연적으로 나에게까지 의혹이 미칠 것이고, 게다가 그 모든 사람을 죽이는 데 사용된 무기까지 발견된다면 나는 힘들게 이런저런 해명을 내놓아야만 하게 될 터였다. 하지만 무기를 버리는 것은 실행에 옮기지 못하고 늘 차일피일 미루게 되는 그런 일 중 하나다.

대마초를 보관하기 위해 지하 창고를 비운 그 운명의 날, 결국 나는 권총을 가지고 있기로 마음먹었다.

손바닥으로 금속의 무게와 차가움을 느끼면서, 나는 사람들이 일반적으로 어릴 적에 목격했던 사건들에 대해 당시 자신이 무슨 생각을 했는지 전혀 기억하지 못한다는 사실을 깨달았다. 기껏해야, 마치 허구이거나 다른 사람에게 일어난 이야기인 것처럼 그것들을 떠올릴 뿐이다.

종종 하나의 이미지가 떠오른다. 집 앞 잔디밭에 한참 동안 꼼짝 않고 서 있던 아버지의 이미지. 잘 모르는 사람이 봤다면 그가 정원의 아름다움에 취해 있다고 말했을 것이다. 나도 엄마도 딸 권리가 없었던, 꽃양배추만큼이나 큼직한 장미며 온갖 색상을 띤 붓꽃, 벤치 위로 기어오르는 등나무, 공처럼 생긴 회양목, 피라미드를 닮은 주목의 아름다움에…… 하지만 그가 바라보는 건 전혀 다른 것, 시간적으로나 공간적으로나 훨씬 먼 곳에 있는 하나의 점, 그가 나고 자란 메제르다 계곡이었다.

튀니지에 있는 자신의 농장을 지키기 위해 제대로 싸워보지도 못한 채 뿌리를 뽑힌 경험이 그를 완전히 미치광이로 만들어놓았다.

그는 에밀 부아소[37]의 알레고리 작품 중 하나인 〈가정의 수호〉를 복제해 마당 한가운데 있는 수양버들 밑에 세워두었다. 혹시 모르는 사람이 있을까 봐 설명하자면, 이 작품은 1887년에 제작된 과장된 기풍의 조각으로 파리 7구 아작시오 광장에 세워져 있다. 다양한 금속을 사용해 시리즈로 복제되었는데, 우리 집 마당에 서 있었던 것은 아연과 안티몬으로 만든 싸구려 버전이었다.

다른 어떠한 작품도 그가 스스로에 대해 느끼던 정신적 이미지를 더 잘 표현하지 못했을 것이다. 허리에 짐승 가죽만 걸친 그 용감한 골족族 전사가 부러진 칼로 아내와 자식을 지키듯이,[38] 그도 'Perit sed in armis', 다시 말해 가족과 '사유지'를 지

---

37 프랑스의 조각가.

38 〈가정의 수호〉에 묘사된 골족 전사의 모습.

키기 위해서라면 무기를 손에 든 채 죽을 각오가 되어 있었다.

날이 어두워지면, 고속도로를 따라 서 있는 거대한 가로등들이 제공하는 공공 조명이 우리 정원에 표현주의 영화의 무대 같은 분위기를 부여했다. 높은 나무들의 선명한 그림자 사이로 길게 늘어난 도둑의 실루엣이 슬그머니 미끄러질 때는 특히 더. 벽을 타고 넘어온 도둑이 집을 한 바퀴 둘러본 다음, 사람이 살고 있어 털기가 만만치 않다는 것을 확인하고 왔던 곳으로 사라지는 모습을 나는 두 번이나 목격했다.

그런데 어느 날 한밤중에, 그들 중 하나가 금속 절단기로 〈가정의 수호〉를 받침돌에서 뜯어 가져가는 돌이킬 수 없는 짓을 저지르고 말았다.

자존심에 얼마나 큰 상처를 입었는지 아버지는 바로 다음 날 친구들을 통해 357 매그넘을 구입했다. 우리를 깨우지 않기 위해 소음기까지 곁들여서. 내가 여덟 살 때 아버지는 처음으로 도둑을 죽여 정원 안쪽, 가을이면 낙엽을 태우는 곳에 묻었다. 그날 시신의 팔다리가 튀어나온 외바퀴 손수레를 밀며 무거운 걸음으로 잔디밭을 가로지르던 아버지에게 나는 두세 가지 질문을 던졌다. 아버지는 그 못된 놈들이 총에 맞아 죽기 싫으면 깜깜한 밤에 '사유지'로 몰래 들어오지만 않으면 된다고, 이게 바로 정당방위라는 거고 법은 자기편이라고, 벽으로 둘러싸인 집에 거주하는 모든 식민지 개척자들이 그렇게 했다고 대답했다.

　그가 모두 몇 명을 죽였는지 나는 모른다. 그 모든 일이 내가 세상사에 크게 관심을 가지지 않던 시절에, 그리고 주로 밤에 이뤄졌으니까. 하지만 거기, 낙엽이 쌓인 구덩이에 납골당이 있다는 것은 안다. 아버지에게 바통을 건네받아 시체들을 묻은 것은 불쌍한 우리 집사였다. 허리가 아파 복대를 사야 하니 약국에 좀 같이 가달라고 나에게 부탁했던 날 그가 내게 그 사실을 말해주었다. 게다가 아버지는 그 구덩이를 다른 사람들에게도 빌려줬거나, 몽디알의 특별한 활동과 연계해서도 사용했던 것이 분명하다. 아버지가 죽고 집을 처분했을 때 신발 상자에서 신분증 20여 개가 발견됐으니까. 전부 20대에서 40대 사이의 남자들 것이었다. 나는 그것들을 봉투에 넣어 지역 경찰서로 보냈지만 아무런 반응이 없었고, 신문에 단신 하나 실리지 않았다.

　부모님이 살았던 시절의 '사유지'는, 이따금씩 껍질을 열고 바다의 침묵 속에서 이름 모를 물고기를 잡아먹는 거대한 거거車渠[39] 같았다.

---

[39] 큰 조개의 일종.

아버지가 죽자, 엄마는 입에 풀칠이라도 하기 위해 거만한 만큼 멍청한 어느 작자에게 서둘러 집을 팔아버렸다. 우리 집을 보자마자 가족을 벽 뒤에 가둬두고 폭정을 일삼아도 고속도로의 소란에 묻혀버리리라 생각한 폭군 같은 자였다. 그는 집이 정말 마음에 든다며 서둘러 가계약서에 서명하면서, '도로의 족속' 가운데 골라잡은 게 분명한(그들을 보자마자 나는 느낌으로 알았다) 자신의 세 딸을 향해 음탕한 눈길을 던졌다.

얼마 전 자동차 보닛 위에 올라서서 담장 너머로 그 집을 바라본 적이 있다. 마당의 공동묘지는 각종 식물로 뒤덮여 있었다. 하지만 저공비행으로 그 정원 위를 지나간다면, 누구라도 그 식물들이 비정상적일 정도로 진한 녹색이라는 사실을 한눈에 알아차릴 것이다. 그 비정상적인 녹색은 인산염이 만들어낸 것이었다.

357 매그넘이 사용되는 걸 마지막으로 본 건 아마 열다섯 살때쯤이었던 것 같다.

'사유지'는 죽음의 도로 반대쪽으로 철책 하나를 사이에 두고 대통령의 사냥터와 면해 있었다. 프랑스가 자신의 남성적인 정체성을 확인하기 위해 각료와 국빈들을 보내 죄 없는 동물들을 마구 죽이게 하면, 그 첫 총성이 울리자마자

가엾은 동물들은 우르르 우리 집으로 몰려왔다. 지나치게 먹어 피둥피둥 살찐 꿩과 자고새 50여 마리가 우리의 녹색 잔디밭에 점점이 내려앉아 사냥꾼들을 비웃었다. 몰이꾼들은 녀석들을 다시 사냥터로 내몰고 싶어 했지만 우리 집에 발을 들일 때마다 아버지의 매몰찬 거절에 직면해야 했다.

그러던 어느 일요일, 한 아프리카 독재자가 사냥터를 찾았을 때는 사태가 비극으로 치닫고 말았다.

프랑스와 아프리카의 고위층을 즐겁게 해주기 위해 그들은 군용 트럭을 동원해 샹보르에서 불쌍한 노루들을 가득 실어와 숲에 풀어놓았다. 그 노루 중 한 마리가 사냥꾼들을 따돌리고 철책을 훌쩍 뛰어넘어 우리 집 베란다 아래로 피신하는 데 성공했다. 이번에 몰이꾼들은 예의 바르게 초인종을 누르지 않았다. 그들은 철책을 잘라낸 다음 곧바로 '사유지'에 침입했고, 독재자와 그 졸개들이 〈사냥터에서 돌아오는 바이에른의 막시밀리앙 2세〉라는 제목이 붙은 19세기 그림 속의 신하들처럼 하나같이 꿩 깃털이 꽂힌 모자를 쓴 채 그 뒤를 따랐다.

격분한 아버지는 총을 들고 나섰다. 그러나 누구에게도 총을 쏠 수 없다는 것을 깨닫자 총구를 노루의 머리에 대고 쏴버렸고, 흑인 왕의 예쁜 모직 사냥복에 피를 튀기고 말았다.

프랑스와 아프리카의 고위층은 자기들의 하루를 망쳐놓은 아버지를 향해 아주 불만스러운 표정을 지으며 '사유지'를 떠났다.

나도 그 무기를 다룰 줄 알았다. 훌륭한 식민자였던 아버지는 내가 열 살, 즉 자신이 총 쏘는 법을 배웠던 나이가 되자 내게도 총 다루는 법을 가르쳤다. 어깨를 뽑아놓을 것 같던 총의 반동이 아직도 생생하다. 그 충격을 몸으로 완화하는 데 성공할 때까지 아버지는 쏘고 또 쏘게 했다. 그렇게 해서, 어쩌다 부부 동반으로 레스토랑에라도 가게 되면, 357 매그넘과 어깨를 견줄 수 있는 돌보미는 없기에 그들은 고속도로와 숲 사이에 나를 혼자 남겨둘 수 있었다. 내 침대맡 탁자 위에 권총만 남겨놓고 갈 뿐, 내 부모는 단 한 번도 내가 무서워하는지 아닌지 알려고 들지 않았다.

이제 그 오래된 친구가 마침내 자기 자리를 되찾아 내 머리맡에 있게 될 것이다. 만약의 경우에 대비해.

풍력발전소에서 아파트까지 마약을 모두 옮기는 데는 이틀하고도 하룻밤이 걸렸다.

나는 카디자가 아들과 통화했을 때 왜 '작은 생선' 운운했는지 알 수 있었다. 베나브델라지즈 집안의 대마초 수지에는 음양의 형태로 서로 꼬리를 물고 있는 물고기 모양의 마크가 찍혀 있었다. 하지만 그 마크가 찍힌 건 자갈 더미 속에서 찾아낸, 포장되지 않은 수지만이었다. 나머지, 다시 말해 모로코 가방들은 카디자가 얘기한 다른 가족들의 물건이었다. 그들이 흔히 하는 말마따나 다른 '블레이즈'[40]의 수지에는 열로 지진 마크가 새겨져 있었다. 3분의 1에 달하는 대마초 덩어리는 원 네 개가 겹쳐진 아우디 로고, 다른 3분의 1은 한 축구 팀 유명 선수의 백넘버로 보이는 숫자 '10', 또 다른 3분의 1은 오각형 형태의 이상한 상징이었다.

나는 지하 창고 문을 닫기 전에 뒤로 한 발짝 물러서서 뿌듯한 심정으로 안을 바라보았다. 그 안에 1.2톤에 달하는 대마초가 있었다. 킬로그램당 5,000유로를 호가하는 '최상품 대마초' 1,200킬로그램. 감히 곱셈을 할 수도 없었다. 그만큼 나의 대담함에 취해 있었다. 무려 1.2톤을 내 등에 지고 나른 것이다. 개당 20킬로그램이나 나가는 모로코 가방 52개를 밀폐 용기에 두 개씩 넣어 차곡차곡 쌓았고, 그 위에 포장하지

---

40 '상표'라는 뜻.

않은 1킬로그램짜리 대마초 덩어리 160개를 올렸다. 잠시 작은 접이식 사다리를 살까 하는 생각까지 했다.

기진맥진한 몸을 이끌고 엄마의 상태가 어떤지 보려고 호스피스의 집중 치료실에 들렀다.

엄마의 방으로 가는 복도에서 나는 아무런 쓸모도 없는, 하지만 무엇보다 노인네의 마지막 헐떡임을 놓치지 않기 위해 희미한 형광등 불빛 아래 보온병이며 여러 장의 모포며 캔디 크러시 게임기를 가져다 놓고 야영을 하는 가족들과 마주쳤다.

《뻐꾸기 둥지 위로 날아간 새》의 수간호사 래치드와 판박이처럼 닮은 부소장, 깔끔한 만큼이나 불쾌한 인상의 여자가 나를 맞이해 향후 일정에 대해 설명했다.

"부인의 엄마는 당장 돌아가실 상태가 아니에요……."

"뭐라고요? 뭔가 착오가 있는 게 분명해요! 이미 오래전부터 오늘내일했고, 너무 고통스러워해서 진정제를 마구 퍼먹였단 말이에요." 내가 발끈해 쏘아붙였다.

"어르신은 다시 음식을 삼키기 시작했어요. 게다가 황반변성 말고는 어떠한 질병도 앓고 있지 않아요. 욕창도 전혀 없고, 피검사 결과도 젊은이만큼이나 좋고……."

"뇌가 쪼그라든 데다 눈은 안 보이고, 허구한 날 누워 지내는 탓에 등이 굳어 아파 죽으려고 하는걸요!"

"촬영을 다시 해봤는데, 좌뇌에 퍼져 있던 피가 빠져나가고 있어요. 내 생각에는 서서히 이전 상태로 되돌릴 수 있을 것 같아요."

"이전이라니, 무엇의 이전요? 이건 정말 말이 안 돼요! 그녀는 아주 많이 아파요, 알아들어요?…… 개처럼 고통스러워한 지 2년 반이나 됐다고요. 여기서 그녀를 깊은 진정 상태로 이끌어 고통을 못 느끼게 해줄 거라고 요양 병원 원장이 장담했고요."

"잘 들으세요, 부인의 엄마는……"

"저기요, 마치 내가 일곱 살 계집아이라도 되는 것처럼 자꾸 '엄마, 엄마' 하지 말아요. 더는 못 들어주겠으니까! 이 악몽이 시작된 이래 다들 내 '엄마'에 대해 얘기하는데……. 의료진이 보호자를 대할 때 사용하는 이 멍청한 화법에 대해 누가 설명을 좀 해줬으면 좋겠네요. 다들 그 말을 입에 달고 사는 걸 보니 의대에서 그렇게 가르치는 모양이죠? 보호자들이 베개로 눌러 '엄마'를 질식사시키지 않게 어린애 대하듯 그들을 대하라고."

분노가 결국은 벽에 부딪치리라는 것을 뻔히 알면서도, 나는 눈에 쌍심지를 켜고 그 죽음의 뚜쟁이를 몰아붙였다. 하지만 그녀는 조금의 동요도 없이 정확하게 같은 어조로 말을 이어갔다.

"이틀 전 부인의 엄마는 음식을 삼키는 데 문제가 있었죠. 그런데 지금은 없어요! 계속 음식을 삼키지 못했다면 아마 비위관, 속칭 코 줄을 끼우느냐 마느냐를 고민했을 거예요. 인위적인 영양 공급도 하나의 치료고, 치료 거부는 법적으로 허락되니까요. 하지만 부인의 엄마는 아무 문제 없이 다시 먹기 시작했어요. 말하자면 죽을 마음이 없는 겁니다."

"저 정도로 망가진 사람들을 고통 속에서 살아가게 내버려둘 권리는 아무에게도 없어요! 마냥 헛소리만 해대고, 앞도 못 보고, 침대도 못 벗어나고, 게다가 두 번째로 뇌혈관이 터지고부터는 스물네 시간 내내 공포에 떨며 살아간다고요. 내 입으로 '살아간다'고 했지만, 그게 어디 사는 거예요?"

"부인의 엄마는 강제수용소에서도 살아남으셨어요."

"그래서요?"

"윤리적으로 우리는 가능한 한 환자의 의지를 우선시할 수밖에 없어요. 환자가 그 내용을 명확하게 표현할 수 있는 상태가 아니라 해도요. 제 생각에, 그런 끔찍한 시련에도 살아

남은 사람이 삶을 포기하는 것은 있을 수 없는 일이에요. 나 같았으면 코 줄을 끼웠을 거예요."

"당신 같았으면 코 줄을 끼웠을 거다……. 우리 엄마 마음에 대해 당신이 뭘 아는데요? 당신, '성 비오 10세회'인가 뭔가 하는 빌어먹을 교단의 신도죠? 왜 또 하필이면 나한테 이런 일이!"

그녀가 더는 논쟁을 하지 않겠다는 뜻의 손짓을 했다.

"일단 어르신을 조금이라도 편안하게 해드리기 위해 며칠 관찰을 하면서 모실 거예요. 그리고 지금처럼 계속 음식을 삼키시면 요양 병원으로 돌려보낼 겁니다."

기가 막혀 아무 말도 나오지 않았다.

그녀는 단조롭고 차가운 어조로 덧붙였다.

"우리는 사람들을 안락사시키려고 있는 게 아닙니다, 부인. 여기서 정말 힘들어하는 누군가가 있다면, 그건 바로 당신이에요."

그 점에 있어서는 그녀가 옳았다.

나는 집으로 돌아와 침대에 쓰러졌고, 이후 스물네 시간 동안 잠만 잤다.

이틀 뒤, 동네 바에 들러 크루아상과 커피를 앞에 놓고 《르 파리지앵》을 뒤적이던 나는 가슴 아프면서도 동시에 마음을 가볍게 해주는 소식을 접했다. 지난밤 빌팽트 교도소에서 아피드 B.라는 수감자가 목이 베여 죽은 채 발견되었다는 소식이었다.

여자들 대부분은 살아가며 그들의 어머니가 이상형으로 삼았던 모습에서 벗어나려고 끊임없이 애를 쓴다…… 그런데 나는 완전히 그 반대로 해왔다는 것을 확인하지 않을 수 없었다. 심지어 한발 더 나아가, 엄마가 이상으로 삼았던 여성의 이미지, 껍데기 없는 유대인 여자의 이미지와 판박이처럼 닮아가고 있었다.

4

한눈파는 카멜레온은
파리를 모으지 못한다

7월 말, 태양이 하늘에 불을 질렀고 파리 사람들은 해변으로 몰려갔다. 내가 마약 도매상으로서 새로운 경력을 시작하는 사이, 내 형사 애인 필리프는 사법경찰 2국 마약 단속반 반장으로 부임했다.

"앞으로는 더 자주 볼 수 있을 거야." 두 달 전, 그는 발령을 앞두고 기뻐하며 나에게 말했다.

나 역시 정말 잘됐다며 진심으로 기뻐했지만, 당시 나는 한낱 법정 통번역사에 지나지 않았고, 내 지하 창고에는 대마초 1.2톤이 없었다.

필리프.

근육질 몸에 널찍한 등과 크고 아름다운 손을 가진, 약간은 살집이 있는 남자. 잘생긴 얼굴, 쉰여덟 살의 나이로는 드물게 머리숱이 아주 풍성한 남자. 모두가 가까이 지내고 싶어 하는 그런 남자……. 친구나 피후견인의 수로 그 관대함을 가늠할 수 있고, 각종 기념일이나 환송식처럼 중요한 날 그 사회적 무게감을 계량화할 수 있는 남자. 자신의 장례식 날 묘지를 조문객들로 북적이게 할 그런 남자.

겉모습만 놓고 그가 내 취향인지 아닌지 딱 잘라 말하기는 어려울 것 같다. 어쨌거나 그는 나에게 소중했던 유일한 남자, 나랑 너무 닮아 사람들이 내 오빠로 착각했던 남편과는 닮은 구석이 없었다. 사실, 필리프를 만나기 전까지 나는 육체적 이타성을 진정으로 경험하지 못했다. 20년 동안 수녀처럼 살았다는 얘기가 아니라, 늘 자기도취적이고 거짓말쟁이에 바람둥이인 형사사건 변호사들과의 하룻밤 만남으로 성생활이 한정되어 있었다는 뜻이다. 그것도 그들이 아직 나를 '섹스하고 싶은 여자'의 범주에 넣었던 시절의 얘기지만. 나이 마흔이 넘으면서는 그것도 끝나버렸다.

내 마음을 낚은 건 나에 대한 필리프의 욕망이었다. 나를 바라보는 그의 눈에 번뜩이는 강렬하고 솔직한 욕망, 폐

경기에 접어든 여자라면 누구라도 홀딱 넘어가고도 남을 욕망…….

어떤 여자가 그러지 않을까마는, 나는 그와 함께 있는 게 좋았다. 그는 성실 그 자체일 뿐 아니라 지적이고 교양 있고 재미있었으니까. 그와 만나기 시작하면서, 어쩌면 내 애정 생활에도 약간의 견실함을 갖출 수 있지 않을까 생각하기도 했다. 하지만 그가 내 곁에, 혹은 위에 있을 때, 나는 본래의 의미로나 비유적인 의미로나 그에게 삼켜지는 느낌이 들었고, 그게 좋은지 싫은지도 알 수가 없었다. 어쨌거나 그는 내가 무엇이든 요구할 수 있는, 또 몇 시간 동안 나를 쾌감에 몸부림치게 할 수 있는 자상한 연인이었다……. 내가 완전한 만족을 얻은 듯 보이면 그는 내 쪽으로 몸을 웅크리고 내 목에 얼굴을 묻은 채 아주 만족스러운 표정을 지으며 고맙고도 평온한 잠 속으로 미끄러져 들어갔다. 그렇게 죽은 말처럼 늘어진 그의 몸은 내 팔을 저리게 하고 등을 배기게 했으며, 깊고 뜨거운 그 숨결이 내 피부 위에서 침으로 변하면…… 뭐랄까…… 그냥 그가 어서 갔으면 좋겠다는 초조한 생각밖에 들지 않았다. 언젠가 그의 집에서 잔 적이 있는데, 그날 나는 밤새 한숨도 자지 못했다. 그의 집에 있는 색깔들, 카펫이며 모든 것이…… 간단히 말해, 그가 불을 끌 때까지 내 입 속에는 응고된 비계 맛이 감돌았다. 아마 아들과 함께 살지 않았다면 그는 내게 같이 살자고 제안하지 않았을까……. 그랬다면 나는 뭐라고 대답했을까? 그가 나에게 무엇이든 양보할 준비가 되어 있었던 만큼, 대답은 더 궁했으리라. 어쩌면 이렇게 말해버렸을지도 모른다. "미안한데, 난 잘 때 누가 옆에 꼭 붙어 있는 걸 안 좋아해서……." 혹은 "당신 집 실내장식만 보면 토가 나올 것 같아." 그는 날 기쁘게 해주기 위해 싹 다 바꾸겠다고 말했을 것이다. 날 사랑했으니까. 나이 쉰여덟에 혼자 늙어가는 게 끔찍해서가 아니라, 열정과 호의로 날 사랑했으니까. 그렇다면 나는? 가끔, 나만이 그 비밀을 알고 있는 슬픔의 파도들, 그 파도 중 하나가 날 실어 갈 때 그의 체온과 그의 심장박동은 내게 위안이 되었다. 한 마리 짐승처럼. 그렇다고 그가 없으면 생각이 나고, 기다려지고, 그저 그를 만지는 기쁨 때문에 그의 손을 잡는다고? 그건 아니었다!

우리는 일정이 맞을 때만 만났다. 만남이 너무 뜸해 서로의 개성과 결점을 들여다볼 시간조차 없는 것은 아닌지 염려가 될 정도였다. 내게는 온갖 결점이 있었고, 그에게는 아주 큰 단 하나의 결점이 있었다. 세상에나, 세상에나, 그는 신을 믿었다. 성실 그 자체인 데다, 지적이고 교양 있고 재미있기까지 한 남자가…… 신을 믿다니! 그런 말도 안 되는 것을 믿을 수 있다니, 내게는 너무나 황당해 보였다. 그가 인간의 운명은 하늘의 면 요리에 지배된다고, 자신은 그것을 철석같이 믿는다고 털어놓았다면, 차라리 그게 덜 우스꽝스러웠을 것이다.

언젠가 딸들을 데리고 자연사박물관에 갔다가 사우디아라비아 관광객 부부를 만난 적이 있는데, 부인은 니캅[41] 차림을 하고 있었다. 미국에서 창조론에 관한 얘기가 종종 회자되고, 공룡이 멸종한 건 덩치가 너무 커서 노아의 방주에 탈 수 없었기 때문이라는 말도 안 되는 주장까지 나오던 시절이었다.

아랍어 번역가로서 아랍에 대해서는 모든 것을…… 따라서 종교에 대해서도(아랍어에는 알라신을 준거로 삼지 않는 문장이 단 하나도 없다는 것을 알아야 한다) 숙지하고 있어야 했으므로, 나는 그 색다른 부부에게 다가가 '이슬람과 공룡'이라는 첨예한 문제에 관해 묻지 않을 수 없었다. 남자는 공룡에 대해 별로 생각해본 적이 없는 것 같았다. 그는 리야드의 이슬람 법학 대학에서 신학을 가르친다고 자신을 소개했다. 수염을 쓸

---

41 눈만 내놓고 베일로 얼굴 전체와 전신을 가리는 이슬람권 여성 복식.

어가며 한참이나 생각에 잠겨 있던 그는 현학적인 어조로, 코란에 창조주께서 엿새 만에 우주를 창조하셨다는 구절이 나오긴 하지만 태초에는 태양…… 별…… 이 모든 것이 아직 자리를 잡지 못했기 때문에 하루의 길이가 명확하게 정해지지 않았고, 따라서 그 엿새가 지금 시간으로는 수백만 년은 족히 됐으리라는 주장도 허무맹랑한 것은 아니라고 말했다. 그러곤 거기서 비롯한 모호함이 지구가 훨씬 오래되었으며, 그곳에 그런 종류의 거대한 짐승들이 살았을 가능성을 열어두고 있는 셈이라고 덧붙였다. 하지만 그렇다고 해서 박물관 입구의 벽화들이 암시하듯 인간이 원숭이나 박테리아의 후손이라고 주장하는 것은 무신앙의 극치였다! 마지막으로 그는 내게 히즈라[42]를, 그러니까 프랑스를 떠나 그따위 어리석은 것들은 아예 가르치지 않는 성스러운 땅에서 건강한 이슬람교도로 살아가는 게 어떠냐고 권했다.

진화론에 대해서만큼은 필리프도 중세 시대에서 곧장 튀어나온 것만 같은 이 남자와 거의 똑같은 생각을 갖고 있었다. 그런데도 그는 문명의 이름으로 그 남자와 전쟁을 벌일 각오가 되어 있었다. 그러니, 신에 대한 믿음을 정신적인 이

---

42 무함마드가 신도들과 함께 메카에서 야스리브(후의 메디나)로 이주한 일을 뜻한다.

상異常으로 간주하는 것 말고는 나로서는 이해할 도리가…….

새로운 인생의 첫 번째 고객들은 넝쿨째 나에게 굴러 들어왔다. 마약 단속반에서 감시 중인 모로코인 셋의 도청 자료가 넘어온 것이다. 완벽한 합슴, 천체들의 정렬이었다. 그들은 내가 어디서 짠 하고 나타났는지 그리 궁금해하지 않을 정도로 멍청했을 뿐 아니라, '배달 사고'로 인해 물건이 달려 애가 달아 있었다.

나는 작업을 할 때 언제나 단어 대 단어로 번역하고자 애쓴다. 그것이 내 트레이드마크다. 들은 것을 부스러기 하나 놓치지 않고 옮기는 것. 거기다 읽는 즐거움을 망치지 않기 위해 대화의 어조와 스타일까지 살리려고 노력한다. 털어놓기 부끄럽지만, 이 점에 있어서 나는 멍청하고 쓸데없는 대화에 귀족적이면서도 변태적인 매력을 느낀다.

7월 25일 목요일 7235번 통화. 2126456584539번(모로코 당국에 의하면 명의자가 확인되지 않음)에서 발신, 감시 대상이 개인 휴대전화로 수신. 전화 사용자는 카림 무프티, 일명 스카치, 통화 상대자는 아킴 부알렘, 일명 쇼카픽.

아랍어로 된 단어들은 이 목적을 위해 동원되고 우리와 함께 현조서에 서명한 파티앙스 포르트푀 부인에 의해 번역됨.

스카치: 네가 날 똥통에 빠뜨렸으니까 나도 너처럼 똥통에 빠진 것 아니냐는 따위의 좆같은 소리는 시작하지도 마. 그런 말을 모르는 사람한테 들었다면 몰라도, 형제, 너한테는 아냐. 매일 저녁 내가 치차에 가면 넌 이러지. "걱정 마, 걱정 붙들어 매라고……" 근데 봐, 휘발유에 빠진 물건 때문에 내가 어떻게 됐는지 좀 보라고. 이 낙타 똥 덩어리에서 휘발유 냄새가 어찌나 나는지 불을 붙이면 활활 탈 것 같아. 그 사람들, 공짜로 줘도 싫대. 함둘라,[43] 네가 네 종이 쪼가리 회수하게 된다면, 난 너한테 말하겠지, 아 그것참 잘됐다고. 하지만 나한테 이따위 물건을 주고 돈 내라고 하면 안 되지…… 이건 쓰레기야!

쇼카픽: 그 좆같은 새끼한테서 내 종이 쪼가리 받아낼 거야. 그 새끼 어미가 와도 말 안 들어. 그 새끼가 먼저 연락해온다 해도 아무것도 듣고 싶지 않아. 아무것도 듣고 싶지 않다고!

스카치: 그 자식이 너한테 제대로 한 방 먹였어. 넌 이제 땡전 한 푼 못 만지게 될걸. 그러니까 인정사정 봐주지 마! 되를 말로 갚아줘

---

43 '찬양은 하느님에게'라는 뜻을 지닌 관용구 '알 함두 리 알라al-ḥamdu li-Allāh', 줄여서 '함달라hamdallah' 혹은 구어체로 '함둘라hamdullah'라 한다.

야지.

쇼카픽: 넌덜머리가 나. 나 요즘 잠도 못 자. 숨도 못 쉬고, 먹지도 못한다고. 그 자식이 빌어먹을 1미터 대금 구슬 180개를 들고 튀어버렸어…… 그 새끼가 사진으로 날 구워삶았잖아. 적어도 이건 동의하지?

스카치: 동의하냐고? 그거야 나도 동의하지. 그런데 문제는 네가 너무 자신만만하다는 거야. "걱정 마, 걱정 붙들어 매, 내가 다 알아서 하고 있어……." 그런데 봐, 형제, 네가 어떻게 이 업계의 똥구멍이 됐는지 좀 보라고. 나한테는 고객들이 있어. 근데 이건, 물건이 완전 똥이잖아! 그러니 뭐 들고 갈 게 있어야지. 코란에 걸고 말하는데, 완전 죽을 맛이라고! 다들 돈 돌려달라고 난린데, 스트레스가 이만저만이 아냐, 형제.

마약 밀매의 열쇠는 안정성이다. 어떠한 대가를 치러서라도 상품을 중단 없이, 안정적으로 공급하는 것. 고객은 쉽게 딜러를 바꾸고 늘 바쁘니까. 마약 딜러가 더 이상 공급을 하지 못하면, 일주일 만에 그가 확보한 전화번호 목록, 수천 유로를 호가하는 그 영업 자산의 가치는 폭락하고 만다. 대중음악계에서처럼 상품의 부족은 딜러의 만성질환이다. 재능 있는 가수는 많아도 좋은 곡은 거의 없는 법. 그러니 확실하게 일을 하려면 작사, 작곡, 노래를 혼자 다 하는 게, 다시 말해 대마초 재배와 운반, 판매를 독점하는 방식이 이상적이다.

이제 너나 할 것 없이 가방에 피울 걸 챙겨 넣고 해변으로 떠나는 한여름 성수기에, 가진 거라고는 고객이 자기 면상에 대고 던져버린 대마초뿐인, 스카치라 불리는 멍청이 왕초의 낭패감은 충분히 이해할 만했다.

그의 공급자 쇼카픽에게 일어난 사고 때문에 그는 심히 당혹스러워하고 있었다.

쇼카픽은 물건이 견본과 일치하리라 생각하고 배달을 수락했다. 그런데 불행히도 고 패스트 차량에서 기름이 새는 바람에 모든 화물에 냄새가 배어버렸다. 1미터 대금으로 구슬 180개, 다시 말해 100킬로그램 대금으로 18만 유로를 선금으로 지불한 마당에 '사업 파트너'인 스카치가 상품의 질이 기대에 못 미친다며 배달된 물건을 거부해 모든 것을 날리게 생긴 것이다.

나는 도매상의 이윤과 판매가를 고려해 스카치가 20만 유로를 현찰로 보유하고 있으며, 쇼카픽이 제안한 상품은 아주 질 낮은 파키스탄제일 거라는 결론을 내렸다.

나는 아파트 아래쪽에 있는 택시폰[44]으로 가서 스카치라는 멍청한 녀석이 아랍어를 읽을 줄 알기를 기대하며 자유 이용권을 구매했다. 문자메시지로 그와 접촉할 생각이었다.

최근 도착한 물건, 최상품 1/2미터, 250에 판매. 사진 있음.

(최고 품질의 대마초 50킬로그램 25만 유로에 판매, 견본 있음.)

이튿날, 사법경찰 2국에서 번역해야 할 다른 서류들과 함께 내가 보낸 문자메시지와 그에 대한 답변, 첫 접촉에 이어 우리가 교환한 메시지들을 나에게 보내주었다.

내가 보낸 메시지를 마주하자 정말이지 기분이 묘했다. 마치 길을 걷는 동시에 발코니에 서서 길을 걷는 나 자신을 바라보는 느낌이랄까.

"최근 도착한 물건, 최상품 1/2미터, 250에 판매. 사진 있음." 그러니까 이틀 전에 내가 쓴 내용이었다.

"오케이" 곧바로 답변이 왔다.

나는 즉시 덧붙였다.

---

44 전화기 여러 대를 설치해놓은 가게. 토큰, 동전 또는 카드 등을 사용해 주로 장거리 전화를 걸 때 이용한다.

"플뢰리의 할랄 퀵[45] 접촉, 오늘, 17시. 견본 소지."

내가 무작위로 플뢰리의 할랄 퀵을 거래장소로 선택한 건 아니었다. 파리로 올라가는 지방도로와 유럽에서 가장 큰 구치소 앞을 지나는 뫼플리에로㎜ 사이의 교차로에 자리한 이 작은 패스트푸드점은 무엇이든 가능한 식당이다. 수감자의 가족들, 함께 모여 마약을 밀매하는 친구들, 빈털터리 무슬림 구치소 직원들이 그곳을 수시로 드나든다. 나는 구치소 규율위원회에 통역사로 불려 다니던 시절에 그곳에 들러 끼니를 해결하곤 했다. 문득 뱀 소굴 같은 그곳 분위기에 큰 충격을 받았던 기억이 떠올랐다. 추하고 더러운 곳, 모두 극도로 예민하게 날이 서 있는 곳이었다.

물론, 거래하러 가기에 앞서 내 겉모습부터 바꿔야 했다. 누구든 알아볼 수 있는 흰머리부터 감추는 게 급선무였다.

변장을 하는 동안 아주 즐거웠다. 나는 북아프리카 내지의 멋쟁이 아줌마 복장을 택했다. 금박을 칠한 샤넬 짝퉁 색안경, 표범 무늬가 새겨진 히잡, 아이섀도, 정장 바지에 긴 튜닉, 금도금 팔찌, 인조 보석으로 장식된 시계, 노란색 매니큐어,

---

45 패스트푸드 체인점.

반짝이는 나일론 스타킹. 나는 나도 몰라볼 정도로 변해 있었다. 아주 버젓한 마그레브[46] 여성 사업가로. 진정한 카멜레온으로.

나는 택시 기사에게 날 현장까지 태워주고 잠시 기다려달라고 부탁했다.

퀵에 도착하는 순간 내 대화 상대자들을 알아볼 수 있었다. 그야말로 꼴불견.

장애인 칸에 주차된 선팅 짙은 포르쉐 카이엔, 마구 던져버린 듯 패스트푸드 포장지들이 널려 있는 주변 바닥, 활짝 열어놓은 차 문 너머 들려오는 랩과 빵빵하게 돌아가는 에어컨 소리. 콧수염 없이 목걸이처럼 목을 감싼 퇴색한 턱수염, 짧은 바지, 수영장 샌들, 늘어진 살을 가리는 에미레이트 항공 PSG 티셔츠, 그리고 여름을 강조하는 근사한 액세서리로는, 불룩한 배 위에서 달랑대는 루이뷔통 손가방과 햇볕을 반사하는 토니 몬타나 선글라스.

돼지 세 마리의 토털 패션. 새로운 오리엔탈리즘.

"안녕, 난 벤 바르카 부인이라고 해. 당신한테 연락한 게 바

---

46 모로코, 튀니지, 알제리를 포함하는 북아프리카 지방.

로 나야. 나한테 저쪽 내지에서 온 물건이 있어. 당신 고객 중 한 명한테 당신이 공급자하고 문제가 있다는 얘길 들었어."

"그런데 아줌마는 누구세요?"

웬 엄마 같은 아줌마랑 거래하게 되리라는 것만 제외하고는 모든 상황에 대비하고 있던 세 사람이 헛것이라도 본 듯한 표정으로 날 쳐다보았다.

"말했잖아, 벤 바르카 부인이라고. 저쪽에서 건너온 최상품을 팔까 해서 왔어."

침묵. 내 눈길은 불투명하다. 내 두 눈은 명품의 대문자 약호로 장식된 색안경 너머에서 꼼짝도 하지 않는다.

"아, 그래요?" 마침내 PSG 티셔츠를 입은 뚱보가 거들먹거리듯 말한다. 카림 무프티, 일명 스카치, 그 멍청한 억양 덕분에 나는 그를 알아볼 수 있었다.

나는 핸드백에서 100그램짜리 견본을 꺼내 그들에게 보여주었다.

"여기 사진. 최상품 4,500킬로그램이 있어. 50 이상 구매하면 깎아주지. 훨씬 더 많이 구매하면 한 번 더 깎아주고."

"훨씬 더? 얼마나?" 대마초 견본이 죽은 문어라도 되는 양 손가락으로 집은 채 스카치가 물었다.

무프티 형제와 그 패거리는 프랑스에서 태어났기 때문에 북아프리카에 대해서는 해변 몇 곳을 빼놓고는 아는 게 없었다. 그들은 땅 바깥에서 생산된 모로코인, 수경재배된 모로코인이었다. 말을 하면서 여기저기 아랍어를 장식품처럼 끼워넣는 건 그들도 대충은 할 줄 알았지만, 제대로 된 아랍어로 지속적인 대화를 나누는 것은 능력 밖이었다. 그래서 스카치는 내가 말을 하는 동안 입술만 꼼지락거릴 뿐 말은 못 하고 날 뚫어지게 쳐다보았다. 두뇌에서 새어 나오는 증기에 의해 팽창된 그의 눈으로 보아, 머릿속이 부글부글 끓고 있는 모양이었다.

"50에 225면 킬로그램당 4,500이니까 스페인 가격인 셈이야. 프랑스까지 운송비는 선물로 치지. 하지만 더 깎으려고 들진 말아. 당신들이 가져다가 10당 60에 팔면 벌써 7만 5,000이 이윤으로 떨어지잖아. 난 사라프 없이 일하니까 현찰로 줘. 만약 한 장이라도 비면 당신하고 더는 일 안 해. 자, 내 번호는 알지?"

"훨씬 더, 얼마나?" 완전히 최면에 걸린 표정으로 스카치가 다시 물었다.

그러고 있으니 얼마나 멍청해 보이던지!

"훨씬 더 많이. 아주, 아주 많이. 우리 일이 벌써 잘 풀리는 것 같으니, 그건 두고 보자고."

나는 택시에 올라 다시 출발했다. 백미러를 쳐다보니 돼지 세 마리가 수영장 샌들을 신은 채 알파벳 'i'처럼 꼼짝 않고 서 있었다.

곧이어 내게 맡겨진 도청 내용이 내 가슴을 훈훈하게 했다. 자신이 좋은 제품을 갖고 있다는 말을 남에게서 전해 듣는 건 참 기분 좋은 일이다.

8월 3일 화요일 7432번 통화. 2126456584539번(모로코 당국에 의하면 명의자가 확인되지 않음)에서 발신, 감시 대상이 개인 휴대전화로 수신. 전화기 사용자는 카림 무프티, 일명 스카치, 통화 상대자는 무니르 샤르카니, 일명 레자르.

아랍어로 된 단어들은 이 목적을 위해 동원되고 우리와 함께 현 조서에 서명한 파티앙스 포르트푀 부인에 의해 번역됨.

스카치: 우리 엄마 목숨 걸고 말하는데, 맹추도 그런 맹추가 없어. 아예 촌구석 땅 냄새가 풀풀 난다니까. 메뚜기가 얼굴로 펄쩍펄쩍 뛰어오르는 것 같더라고. 웬 시골 아줌마가……. (웃음)

레자르: 너, 너무 많이 피웠어, 형제.

스카치: 그게 아니고, 나, 이상한 다론이랑 1년 내내 일하게 생겼어. 짭새 아닌가 하는 의심도 안 들더라니까. 워낙 맹추라 입이 떡 벌어질 정도야.

레자르: 아무튼 넌 큰소리 뻥뻥 안 치곤 못 배기지, 형제. (웃음) 보여줘. 중고차 파는 내 사촌한테도 보여주게.

스카치: 내가 견본으로 12 보여줬을 때 브랑동 그 자식이 뭐라고 했는지 너도 알잖아…… 그 자식은 예의가 없어. 제 어미한테도 그러나 봐. 어쨌거나 그 자식이 그렇게 나오니까 나 당장 주문할 거야……

레자르: 그렇게 해…….

스카치: 양쪽에서 움직이자고. 거긴 네 사촌하고 해, 형제. 튀니지인은 파나마 쪽으로 움직이고 있어. 프랑스에서 물담배나 피우면서 회의를 하자고. 거기서는 100퍼센트 느낌이 오거든. 그 친구들한테 1미터 살 종이나 빨리 끌어모으라고 해.

나에게 전달된 텍스트에 '다론'[47]이라는 말이 프랑스어로 등장했기 때문에 조서에도 그렇게 쓸 수밖에 없었다. 당장은 신경이 쓰였지만, 결국 나는 범죄자로서 사용할 가명을 찾았다고 생각했다. 이제 내 이름은 '라 다론'이 될 것이다. 사법

---

[47] '엄마'라는 뜻의 은어.

경찰은 아마 나에게 건네지 않은, 프랑스어로 된 수많은 도청 자료에서 이미 '다론'을 포착했을 터였다. 딜러들이 전화로 내 대마초에 대해 마구 떠들어댔을 테니까. 그렇게 품질 좋은 대마초가 그들 같은 조무래기 딜러들의 손에 떨어지는 건 매일 일어나는 일이 아니니 그럴 수밖에.

　나는 거래가 가능한 장소에 대해 곰곰이 생각해보았다. 눈에 잘 띄지 않는 동시에 명확한 장소, 그러면서도 내 안전이 확보될 만큼 사람들이 충분히 다니는 장소가 필요했다. 상대방이 내게 건넨 돈을 다시 빼앗기 위해 총을 겨눌 수도 있고, 최악의 경우엔 나머지 마약을 어디다 감춰놨는지 털어놓으라며 날 고문할 수도 있었으니까. 그러면서도 긴급사태에 대비해 파리 지역을 돌아다니는 순찰차 수천 대의 관심을 끌지 않고 아랍인들에게 큼지막한 가방을 건네줄 수 있는 장소라…… 퀴의 주차장은 작아서 노출될 위험이 컸기 때문에, 나는 아예 수감자의 가족들이 큰 가방을 들고 오가는 플뢰리 구치소의 주차장을 거래 장소로 선택했다. 마약을 밀매하는 곳으로는 좀 이상해 보일 수도 있지만, 군중 속에 파묻히기에 그보다 더 좋은 곳이 없었다.

　나는 등이 망가지지 않도록 내 타티 짐 가방 두 개를 카트에 얹어 운반한 다음, 우리 건물 주차장 안에서 그것들을 차에 싣고 나가 다른 구에 가서 주차했다. 거기서 택시를 잡아 타고 플뢰리까지 간 뒤, 택시 기사에게 아무리 전화를 해도 안 받는 조카를 만나야 하니 트렁크에 25킬로그램짜리 큼직한 나일론 가방 두 개를 그대로 실은 채 어마어마하게 넓은 주차장 가장자리에서 날 좀 기다려달라고 부탁했다.

주차장에 도착한 나는 반대편 끝에 주차되어 있는 포르쉐 카이엔을 향해 걸어갔다. 심호흡. 집중. 나는 어릴 적에 이미 내 분홍색 털외투를 500프랑짜리 지폐로 가득 채운 채 UM[48] 팻말을 목에 걸고 국경들을 지나는 법을 배웠다. 비결은 몸의 각 분자를 두뇌에 종속시키는 데 있다. 그것은 자전거 타는 법처럼 평생 잊히지 않는다. 하지만 누구나 할 수 있는 일은 아니다.

나는 선팅 짙은 자동차에 올라탄 뒤 핸드백에서 휴대용 지폐 계수기를 꺼냈다. 그런데 10유로와 20유로 지폐가 너무 많다는 게 문제였다. 모두 세려면 몇 시간은 족히 걸릴 것 같았다.

"소액권은 안 받아!"

"돈이잖아, 그것도 돈이라고." 스카치가 발끈하며 아랍어

---

[48] Unaccompanied Minor, 동반자 없는 어린이 승객.

로 대답했다.

그의 어조에는 날 극도로 기분 나쁘게 하는 뭔가가 있었다. '네가 내 돈을 챙겨 가잖아, 이 더러운 년아' 하는 식의 은근한 협박이랄까. 남자들한테, 특히 성질이 나면 주먹부터 쥐고 보는 100킬로그램짜리 돼지들한테 그런 투의 말을 들으면 나는 참지 못한다. 그들에게 굴욕감을 안겨주고 싶은 욕망이 불끈 치솟는다.

"이것들, 10, 20, 50유로짜리는…… 조무래기용이야. 난 최소한 100유로짜리들하고만 일해. 시간 낭비하기 싫으니까 네가 조무래기면 당장 말해."

나는 이 '조무래기'라는 말을 입술 끝으로 내뱉었다. 칼로 써는 듯한 모로코 억양이 섞인 프랑스어로. 정말이지 짜릿했다.

마약 딜러들의 문제는 길거리의 거래가 주로 10유로나 20유로짜리 지폐로 이뤄진다는 데 있다. 그들이 끌어모으는 소액권은 금방 산처럼 쌓여서 고액권으로 바꿔야 하는데, 이는 돈세탁 과정을 통해서만 이뤄진다. 나는 스카치를 '조무래기' 취급함으로써 토니 몬타나가 되기를 꿈꾸는 그를 길거리 딜러라는 본래의 자리로 끌어내렸다. 게다가 내 요구를 들어주기 위해서는 100유로 지폐 한 장당 10유로를 얹어주고 돈을 바꾸어야 했기에 그의 이윤이 줄어들 수밖에 없었다.

"좋아, 고액권으로 11만 2,500이니까 가방 두 개 중 하나만 가져가. 액수를 맞추기 위해 오늘만 예외적으로 50도 500장 가져가지. 하지만 이번이 마지막이야. 나머지는 다 쓰레기야."

"우리도 확인해봐야겠어."

"좋을 대로. 난 20짜리 가방으로도 거래해. 그러면 도매로 넘기기가 훨씬 편하니까. 굳이 확인해보고 싶으면, 어이, 당신……."

나는 스카치의 동생, 무함마드 무프티, 일명 '모모'가 틀림없어 보이는 자를 손가락으로 가리켰다.

택시 기사……. 그의 형제 중 하나쯤 교도소에 들어가 있지 않으면 내 손에 장을 지진다. 그가 운전 중에 '투옥'이라는 단어를 입에 담았기 때문이다. 나는 말에 세심한 주의를 기울인다. 그게 내 직업이니까. 사람들이 그 단어를 입에 올리는 건 법조계 일을 하거나, 사법부와 볼일이 있을 때뿐이다.

따라서 택시 기사는 모든 행인이 세탁물로 가득한 큼지막한 바르베스 가방을 질질 끌고 다니는 곳에서 한 모로코 젊은이가 무거운 가방을 든 아주머니를 도와주는 모습을 전혀 이상하게 여기지 않았다. 기사는 트렁크에서 가방 두 개 중 하나를 꺼내주고 운전석으로 돌아가 앉았다. 나는 가방을 열어 필요한 걸 다 챙겨왔는지 살펴보는 척하면서 그 안에 차곡차곡 쌓인 1킬로그램짜리 대마초 덩어리 스물다섯 개를 스카치의 동생에게 보여주었다. 거래를 마치고, 우리는 각자 제 갈 길을 갔다.

"내가 15일 전까지 1미터 더 살 종이를 모으면?" 아직 택시 안에 있는데 스카치가 전화를 걸어 물어왔다.

"1미터 반에 4로 해주지.[49] 100이랑 200짜리로만. 안 그러면 끝." 다음 날 그 대화를 번역하게 되리라 생각하며 나는 수식 없이 대답했다.

일이 이렇게 되었는데, 하필이면 그날 저녁 필리프의 마약 단속반 반장 부임 축하 파티를 연다는 연락이 왔다. 집으로 돌아가 ADN을 산책시키고 내 돈 11만 2,500유로나 만지작거리고 싶은 마음이 굴뚝같았지만, 어쩔 수 없이 형사들로 북적대는 파리 20구의 한 카페로 가서 웃음 띤 얼굴을 내비쳐야 했다. 뭔지 모르게 억울했고, 기분이 썩 좋지 않았다.

---

49 150킬로그램을 사면 킬로그램당 4,000유로에 주겠다는 의미.

도착해보니, 남녀 동료들이 보기 흉하게 맥주를 병째 들고 마시며 필리프와 얘기를 나누고 있었다. 나도 아무거나 한 병을 들고 마셨다……. 뭔지는 모르겠는데, 아무튼 맛이 없고, 미지근하고, 알코올기와 거품이 있는 음료였다. 나는 한 구석에 틀어박혀 어서 파티가 끝나기만을 기다렸다.

내게 딱히 속물근성이 있는 건 아니지만, 뻔하고 엉성한 농담이나 주고받으며 킬킬대는 형사들이 좀 한심해 보였다. 게다가 나는 싸구려 술을 마시는 것이 싫었다. 내가 소위 직선적인 사람이 되기 전에 샴페인을 좋아하느냐는 질문을 받았다면, 아마 뭐라고 대답해야 할지 몰랐을 것이다. 나른한 몸짓으로 잔을 내밀 때 사람들이 따라주곤 하는 것을 마시는 게 나의 아비투스[50]였다고 말해두자. 어쨌든 장장 25년 동안 막돼먹은 뒤풀이 자리에 끌려다니면서 저발포성 샴페인, 거품 나는 백포도주, 아니면 뭔지 알 수도 없는 역겨운 발포성 포도주가 내게 건네지는 것을 깨달은 뒤로 이것만은 확신할 수 있었다. 적어도 샴페인은 그 모든 쓰레기들과 달라!

문득 내게 와서 꽂히는 필리프의 눈길이 느껴졌다. 그것이 날 불편하게 했다.

---

50 제2의 본성, 사회집단의 습속·습성 따위를 뜻한다.

"뭐?" 내가 거의 공격적으로 물었다.

"아무것도 아냐. 그냥 보는 거야. 매일 볼 수 있는 게 아니잖아. 그래서 기회를 이용하는 거지."

그의 눈이 따뜻한 애정으로 빛났다.

"당신한테는 놀랍도록 모순되는 뭔가가 있어. 내가 쳐다보면서 말을 하면 당신은 마치 수줍은 듯 번번이 눈을 내리깔아. 동시에 당신한테서는 벽이라도 무너뜨릴 자신감이 뿜어져 나오지······. 아주, 아주 거물인 악당처럼."

나는 속으로 그의 통찰력에 경의를 표하며, 물론 《죄와 벌》을 흉내 내는 지경까지는 가지 않더라도 좀 더 개방적으로 행동할 필요가 있다고 생각했다.

"칭찬으로 받아들여야 할 것 같네."

그는 나를 보고 부드럽게 웃었다.

"물론이지. 내가 당신한테 해줄 수 있는 거라곤 칭찬밖에 없으니까······. 당신, 아랍어를 정말로 어디서 배운 건지도 아직 나한테 얘기 안 해줬어."

"수도 없이 말했잖아. 언어에 재능이 있어서 공부했다고!"

"어제 있잖아, 젊은 마약 딜러 살해 사건 때문에 모로코인

하나를 심문했는데, 그 친구가 개인적으로 당신을 요구하더라고……. 도대체 말을 들으려 하지 않고 무조건 당신만 데려오라는 거야! 그 친구 말로는 당신이 다른 누구보다 통역을 잘한다는군."

"살해 사건? 어떤 젊은이? 모로코인은 또 뭐고? 무슨 얘길 하는지 통 모르겠네!"

그가 누구 얘길 하는지 정말로 몰랐는데, 그 순간 갑자기 아피드 베나브델라지즈와 함께 대마초를 운반했던 운전사가 뇌리에 떠올랐다. 나는 그 사람을 까맣게 잊고 있었다.

"그렇게 오래된 일도 아닌데. 그 마약 딜러들이 7월 14일에 체포됐으니까……. 당시 마약 단속반 소속이 아니었던 나조차도 알고 있는걸……."

"아, 그랬지, 그 뒤로 워낙 많은 일이 일어나서…… 엄마니…… 병원이니……."

"개……."

"그래, 개도 있었지!"

"당신이 그 불쌍한 녀석을 위해 아주 좋은 일을 했어……. 개를 돌보는 데 도움이 필요하면 언제든 말해!"

"나 그 녀석이 정말 너무 좋아."

"마약 딜러 하나가 교도소에서 살해됐어."

"그런 걸 내가 어떻게 알았겠어?"

"신문에서 읽었을 수도 있지!"

"《르 몽드 디플로마티크》[51]에서?"

그가 웃었다.

"《르 몽드 디플로마티크》만 빼고 모든 신문에서. 틀림없이 보복일 거야. 일주일 전에 그 친구 엄마도 집 앞에서 공격을 당했거든. 그 여자가 심장마비로 사망해버려서 더는 아무것도 알아낼 수가 없었어."

"그래그래, 기억나. 스페인에서 올라오다가 화물을 길에 버린 모로코인들 말이지……. 시간이 좀 흘렀으니 지금쯤은 누군가가 마약을 회수해 갔겠지."

"아마도. 그런데 가져간 사람이 본래 주인들이 아닌 모양이야. 그쪽 업계가 지금 그 문제로 아주 시끄럽거든. 모르긴 해도, 그 모로코인들이 다른 사람들 물건도 같이 나르고 있었나 봐……. 하지만 그 모로코 운전사는 요지부동, 아무것도 알려고 하질 않지."

"그래서 어떻게 했는데?"

그 운전사……. 아, 빌어먹을…… 도대체 그는 왜 날 만나

---

[51] 국제적 이슈만 전문으로 다루는 수준 높은 월간지.

려고 하는 걸까?

"그 친구는 감방으로 돌아갔어. 예심판사가 다시 심문할 거야. 시간은 충분해. 1년짜리 구속영장이 나왔고, 그들 모두 형사소송 중이니까. 바쁜 사람은 아무도 없어. 당신한테 연락이 갈 거야. 내가 서류에 몇 자 적어놨거든……. 그런데, 당신 아직 나한테 대답 안 했어. 아랍어는 도대체 어디서 배운 거야?"

"좋아, 여섯 살 때부터 열일곱 살 때까지 유모가 나한테 말하는 법을 가르쳐줬어. 그다음부터는 공부해서 익혔고."

"내 아들도 그래. 한 알제리 여자가 녀석을 돌보고 있지. 그여자가 툭하면 아들한테 아랍어로 말을 해서, 녀석도 낱말 몇개는 알아들어. 하지만 아랍어로 대화가 가능한 수준은……."

"사실 그 유모는 남자였어. 그는 날 돌본 정도가 아니라 키우다시피 했지."

"그래?"

"그래, 남자."

"이름이 뭐였는데, 당신 남자 유모?"

"부크타."

아주, 아주 오랫동안 그 이름을 불러본 적이 없었다. 어쨌거나 크게 소리 내어서는. 악몽을 꿀 때나 가끔 잠결에 그 이름을 부르곤 했으니까. 이 모든 이야기가 끝난 후로는 신기하게도 나는 악몽을 꾸지 않는다. 당시, 무기력한 상태로 25년을 보낸 뒤 집안의 마피아적인 내력 속에서 내 자리를 찾아가던 당시, 내 두뇌는 마치 낡은 스펀지 같았다. 힘주어 짜내면 수많은 기억이 흘러나왔다…….

부크타…….

오, 나의 부크타…….. 나의 사랑하는 부크타.

가련한 여자였던 내 엄마는 집에서 그야말로 아무것도 안 했다. 특히 살림에는 손도 대지 않았다. 아버지는 그런 엄마를 못마땅해하지 않았다. 반대로, 성공을 거둔 북아프리카 출신 프랑스인의 아내는 냄비를 닦느라 손톱을 분질러먹는 일이 없어야 했다. 그 대신 아랫것들을 다룰 줄 알아야 했다. 하지만 엄마는 그조차 하지 않았다. 따라서 내 어린 시절의 사건들을 직선 위에 연대순으로 표시해야 한다면, 그 내용은 가정부들, 그들을 향한 호된 꾸지람, 파손이나 절도에 대한 비난, 쾅 하고 닫히는 문의 연속이 될 것이다. 우리가 키우던 도베르만이 극도로 싫어했던 포르투갈 여자, 귀가 먹은 폴란드 여자, 더럽기 짝이 없는 크뢰즈 여자가 차례로 짐을 싼 뒤 늘 난장판인 집 안 꼴에 격노한 아버지는 가정부 문제를 반드시 해결하겠다고 결심하고 튀니지로 건너가 부크타를 샀다.

부크타의 전 주인은 튀니지 독립 후에도 그곳에 남은 식민
자로, 아버지의 오랜 친구 중 하나였다. 도저히 갚을 수 없는
빚을 떠안겨 사람을 작은 땅뙈기에서 벗어나지 못하게 만드
는 중세식 농노제 '켐메사트khemmessat'를 여전히 따르는 사람
이었다. 아버지는 그 빚을 아주 비싸게 쳐서 갚아준 모양이
었다. 프랑스에 사는 튀니지 시절의 옛 벗들에게 "멜론 하나
를 아주, 아주 비싼 값에 샀다……"라며 불평을 늘어놓았으
니까. 그로써 튀니지에서 하인들을 부리며 살아가던 시절을
그리워하는 다른 식민자의 아내들은 각종 가전제품에 그것
을 작동시킬 노예까지 동시에 소유함으로써 온갖 호사를 누
릴 엄마를 질투할 터였다.

부크타는 땅을 일구는 대신 집 청소와 부엌일을 도맡았다.
그는 맬컴 엑스Malcolm X가 백인들의 명에 따라 살아가는 것을
자연스러운 상태로 받아들인다고 해 '집 안의 검둥이'라 불
렀던, 그런 존재였다. 그게 아니라면 그가 아버지에게서 "부
크타, 아스바!"라는 소리를 듣고도 우리가 잠든 사이에 개를
포함해 모두를 살해하지 않은 까닭을 달리 설명할 길이 없
다. 대충 '네 어미 엉덩이에 박힌 내 좆'을 의미하는 이 천박

한 아랍어 표현 '아스바asba'를, 식민자들은 그저 명령을 내릴 때 덧붙이는 단순한 추임새처럼 사용했다.

"부크타, 아스바, 수프! 아스바, 빨리, 치즈!"

불쌍한 부크타가 인간이라는 종에 속하는지 아닌지의 문제에 대해서만큼은 내 부모의 의견이 정확히 일치했다.

튀니지 식민자로서 유대인, 몰타인, 이탈리아인 심지어 알제리 출신 프랑스인까지 차별했던 아버지. 그의 인종주의라는 사다리에서 아랍인은 어떠한 자리도 차지하지 못했다. 사람이 아니라 사용하기 불편하고 고집까지 센 농기계로 여겨지는 그들이 어떻게 한자리를 차지할 수 있겠는가! '뷔르누스'[52]는, '뷔르누스를 땀 흘리게 한다'[53]라는 표현이 암시하듯 노동력을 최대한 뽑아내기 위해 옷을 입혀 땀을 흘리게 하는 고깃덩어리의 이미지를 갖는다.

부크타가 있어준 덕분에, 그러니까 엄밀히 말해 아무 관계도 없는 두 장소 사이에 정신적인 통로를 열어젖히는 그 궁

---

[52] 아랍인이 입는 두건 달린 소매 없는 겉옷. 아랍인을 지칭하는 용어로도 사용된다.
[53] 식민자가 원주민을 착취한다는 뜻.

정의 힘으로 센강이 마르그리트 뒤라스에게 메콩강이 되듯이, '사유지'도 마침내 튀니지가 되었다.

아버지는 새로운 장난감에게 줄무늬 조끼를 입히고 나비넥타이를 매게 해 땡땡[54]의 네스토르로 변장시키고는 아랍어가 섞인 욕설을 즐겁게 퍼부어댔다. 그뿐 아니라 마당에 무화과나무를 심는가 하면, 허리에 문제가 있는데도 중동풍 쿠션 의자에 앉아 리리 보니치와 레네트 로라네즈[55]의 음악을 다시 듣기 시작했다.

저녁상에는 기름에 절인 고추와 올리브기름을 곁들인 닭고기가 등장했고…… 오스트리아가 나치에 엄숙하게 저항을 선언했기 때문에 후식으로는 스트루델[56]이 나왔다.

엄마가 부크타를 처음 본 것은 나를 데리고 학교에서 집으로 왔을 때였다. 그가 만면에 웃음을 띤 채 대문을 열어 우리를 맞이한 순간, 엄마는 겁에 질린 작은 비명을 내지른 뒤 이디시어로 이렇게 말했다. "Oi gevald, ein negger(끔찍하기도 해라, 깜둥이잖아)!" 모리타니 국경 근처 모로코 땅에서 태어난 부크타는 아랍인인 데다가 심지어 흑인이기까지 했다. 유고슬

---

54 벨기에 만화 〈Tintin〉의 주인공, 혹은 만화 자체를 이른다.
55 둘 다 알제리 출신의 가수.
56 다양한 재료를 넣고 돌돌 말아 구운 빈의 대표적인 과자.

라비아 국경 근처에서 태어난 엄마는 열네 살 때 유랑 서커스단을 구경 갔다가 처음으로 흑인을 보았는데, 그는 하필 식인종 역할을 맡은 단원이었다. 엄마는 인종주의의 저편에 있었고, 콘키스타의 스페인인들은 그나마 인디언들에게 영혼이 있는지 없는지 질문을 던져봤다는 의미에서 바야돌리드 논쟁[57]의 이편에 있었다.

첫날부터 엄마는 그가 징그러운 검은색 거미라도 되는 양 어떻게든 쫓아내려고 난리를 부렸다.

우선 온갖 트집을 잡아 그를 비난했다. 요리가 너무 느끼해. 그렇지 않았다. 청소를 대충대충 해. 빨래를 제대로 못하는 바람에 옷이 쪼그라들었어. 이 또한 사실이 아니었다…….눈 뜨고 못 볼 정도로 불쌍해. 그건 사실이었다. 6차선 도로변에 자리한 을씨년스러운 집에서 자신을 개 대하듯 하고, 돈은 쥐꼬리만큼 주고, 마당 한구석에 시체까지 묻으라고 시키는 미치광이를 주인으로 섬기며 검둥이로 살아가는 것, 그것은 끔찍한 일이었다.

장장 11년 동안 엄마는 필사적으로 빈틈을 찾았다. 온순한

---

57 1550년 스페인 서북부의 바야돌리드에서 아메리카 인디언도 유럽인처럼 영혼을 가진 인간이냐를 놓고 벌인 논쟁.

성격의 부크타는 주인의 명에 굴종했다. 흠잡을 데 없이 깔끔하게 개서 장롱에 차곡차곡 쌓아놓은 빨래 더미에서는 향긋한 라벤더 냄새가 났고, 포타주[58]는 아버지 식대로, 다시 말해 4분 만에 식사를 끝낼 수 있게끔 적당한 온도로 식탁에 올라왔다.

그리고 마침내, 엄마는 빈틈을 찾아냈다.

예순다섯 살이 된 부크타는 자기도 이제 늙어 휴식이 필요하니 일요일에는 쉬게 해달라고 요청했다. 일요일 아침마다 그는 비닐봉지를 들고 아버지가 상냥하게도 정원 안쪽에 지어준 오두막을 나섰다. '사유지'의 대문을 넘어선 그는 역으로 향하는 왼쪽으로 꺾는 대신 어디로도 통하지 않는 오른쪽으로 걸음을 옮겨 저녁 7시까지 나타나지 않았다.

"오른쪽으로 가다니, 거참 이상하네. 당신은 그렇게 생각 안 해?" 어느 날 저녁 엄마가 아버지에게 물었다.

"저쪽에서 친구 삼을 고향 사람들이라도 찾았나보지 뭐." 아무것도 없는 고속도로 쪽을 막연하게 가리키며 아버지가 대꾸했다.

그러던 어느 날, 우연히 우리는 우리 머리 위쪽, 13번 고속도로가 내려다보이는 육교 위에 서 있는 그를 발견했다. 그

---

58 고기와 채소 따위를 넣어 진하게 끓인 수프.

리고 네 시간 뒤에는 같은 장소에서 반대편을 바라보고 있는 그를 다시 보았다.

엄마가 빈틈의 냄새를 맡았다.

"왜 당신 같은 사람들 만나러 파리로 가지 않고 고속도로 육교에 서서 지나가는 차들을 바라보는 거야?"

"글을 읽을 줄 몰라서 이곳을 벗어나면 길을 잃을까 무서워요." 부크타는 솔직하게 대답했다.

바로 다음 날 부크타는 《다니엘과 발레리》[59]를 손에 쥐었고, 엄마는 그가 고등사범학교 입시를 준비하기라도 하는 양 열심히 그를 가르치기 시작했다.

"거위들이 늪에서 물을 마신다……. 당나귀는 마구간에 있다……." 엄마가 칼로 써는 듯한 유대인의 억양으로 운율을 살려 읽어나갔다.

"거위들이 늪에서 물을 마신다……. 당나귀는 마구간에 있다……." 부크타가 아랍인의 억양으로 따라 읽었다.

부크타는 자신이 처음으로 읽은 것이자 튀니지 고향 마을의 농장을 떠올리게 하는 이 문장들을 아주 좋아했다. 그 문장들을 별별 것에 적용해가며 킬킬거렸다. 낮에 볼 수 있는

---

59 프랑스어 초급 강독책, 우리말로는 '철수와 영희'쯤에 해당된다.

유일한 사람인 나에게 말을 할 때는 특히 그랬다.

그는 한 달 만에 도로 표지판을 읽었고, 넉 달 뒤에는 신문도 읽을 수 있게 되었다. 그리고 여섯 달이 지난 어느 날 아침, 그는 아무 예고 없이, 잘 있으라는 인사도 없이 자취를 감췄다.

"자기 같은 사람들과 함께하려고 떠난 거야. 이젠 행복하겠지." 엄마는 이가 들끓는 데다 거추장스럽기까지 한 반려동물이 마침내 달아나 슬퍼하는 아이를 달래듯이 나에게 말했다. 엄마가 얼마나 미웠는지……. 엄마는 나를 입혀주고 씻겨주고 먹여준 남자를 얼간이 취급했다. 내가 커가는 것을 지켜본 남자, 내 모든 기쁨과 아픔을 털어놓을 수 있었던 남자, 아빠와 엄마를 포함해 우리 집에서 인간성을 갖춘 유일한 존재였던 남자를. 삶을 즐겁게 만드는 것들을 나는 모두 그에게 빚지고 있었다. 그는 친절하고 참을성이 있는 사람이었다. 나무들, 계절들과 조화를 이루며 살아가는 사람들의 참을성 말이다. 모로코와 튀니지의 방언을 말하는 법과 가젤의 뿔을 만드는 법 말고도, 그는 나에게 짐승들을 돌보는 법, 어둠 속에서 밤하늘의 별을 보고 방향을 찾는 법도 가르쳐주었다.

지금도 길거리에서 '시바니'[60]와 마주칠 때마다, 나는 그들

---

60 chibani, 프랑스가 경제적 호황을 누리던 영광의 30년 사이 프랑스로 이민 온 마그레브 사람들을 가리킨다.

을 빤히 쳐다보며 늙은 부크타의 모습을 찾지 않을 수 없다. 그가 살아 있어도 100살이 넘었을 테니 쓸데없는 짓이라는 건 빤히 알지만.

그가 떠난 다음 날, 엄마는 나의 친애하는 부크타, 그리고 살림과 양육을 등한시한 자신의 게으름 때문에 생긴 나와 그 사이의 친밀한 관계를 동시에 제거하기 위해, 비옷과 고무장갑과 마스크로 무장한 범죄 현장 청소부로 변신했다.

엄마는 생마르크 세탁비누와 양잿물을 섞어 부크타가 지내던 방의 벽을 닦았고, 거기 있는 모든 가구와 그가 남기고 간 보잘것없는 소지품들을 태워버렸다. 그가 내게 남긴 것은 조약돌 하나뿐이었다. 길을 걷다 주운 흔하디흔한 그 까만 조약돌 위에는 묘한 무늬가 새겨져 있었다. 엄마는 그것마저 슬쩍 훔쳐서 쓰레기통에 던져버렸다.

그러고는 부크타가 우리 집에 한 번도 머문 적이 없던 것처럼, 또다시 결점투성이 가정부 수집을 시작했다.

그날 저녁, 약간 취했던 나는 필리프에게 이 이야기의 라이트 버전을 들려주었다. 그러고 나니 기분이 한결 나아졌다.

5

한 시간 후에
너는 또 배가 고플 것이다

나는 돈을 세어 묶다가 스카치가 건넨 지폐들 속으로 미끄러져 들어온, '글자가 적힌' 200유로짜리 지폐 한 장을 발견했다. '돈은 왕, 빚은 군주, 인민은 나락으로……' 'Politicos y banqueros, una disgracia para nacion(정치가와 은행가는 국가의 악이다)……' '법의 이름으로 너에게 빚을 지우노니……' 등등 온갖 언어로 수기한 메시지는 일반적으로 소액권에서 발견되곤 한다. 무지막지한 기계를 멈춰 세우고자 꿈꾸는 젊은 이상주의자들이 지폐를 유럽의 통화 시장에 모래 알갱이처럼 다시 풀어놓기 전에 거기다 자기들의 표식을 남기는 것이다. 그 지폐들이 자본주의의 전사인 마약 딜러들의 손에 들어간다니 아이러니한 일이다.

하지만 고액권에 손 글씨가 쓰여 있는 경우는 본 적이 없었다. 수령을 거부당할 위험을 무릅쓰고 이런 고액권에 "한 시간 후에 너는 또 배가 고플 것이다"라고 적은 사람은 도대체 무슨 생각을 했던 걸까?

뉴욕의 핫도그 장수가 마수걸이한 첫 달러를 틀에 끼워두듯이, 나는 뿌듯한 심정으로 너무나 특별한 그 고액권을 〈어린 불꽃놀이 수집가〉 액자 한쪽 구석에 끼워두었다. 이것은 공식적인 선언이었다. 라 다론의 사업이 시작되었다는…….

8월 8일 화요일 8635번 통화. 2126456584539번(모로코 당국에 의하면 명의자가 확인되지 않음)에서 발신, 감시 대상이 개인 휴대전화로 수신. 전화기 사용자는 카림 무프티, 일명 스카치, 통화 상대자는 무니르 샤르카니, 일명 레자르.

아랍어로 된 단어들은 이 목적을 위해 동원되고 우리와 함께 현조서에 서명한 파티앙스 포르트뢰 부인에 의해 번역됨.

레자르: 어이, 살람 알레이쿰, 잘돼가?

스카치: 잘 돌아가고 있어, 함둘라, 맨날 하는 일이니까. (웃음) 근데 브랑동 그 새끼가 이제는 60을 달래. 그래서 내가 간이 배 밖에 나왔다고 했지. 다론한테는 1미터를 달라고 했어. 근데 그 아줌마가 더 할

수 있을지는 나도 모르겠네……. 그 개놈의 자식, 더 원하면 돈을 더 내놔야 할 거 아냐. 4.7발이 뭐야. 그럼 사업은 거기서 끝나는 거라고.

레자르: 그럼, 그럼……. 나한테서는 종이들 받을 수 있을 거야, 형제. 그리고 세자르 말야, 그 자식이 나한테 9발 가져왔어.

스카치: 그게 다야?

레자르: 그게 다냐니! 이것 봐, 나한테 벌써 80발 있고, 나머지 41발은 그 자식이 내일 나한테 갖고 올 거야. 난 내 사업을 원해. 코란에 걸고, 나한테 제일 먼저 4.2를 가져와야 해.

스카치: 코란에 걸고, 넌 내 형제야. 너랑 하면 늘 만사형통이지. 아니면 환불받는 거고. 가방 네 개에 스무 개 달라고 했으니 딱 1미터야. 우리 엄마 목숨을 걸고, 너한테는 가방 하나에 열 개 더 얹어줄게. 그 좆같은 브랑동 새끼 보면 전해. 일 진척시키고 싶으면 종이 갖고 오라고.

레자르: 알았어, 메카의 코란에 걸고.

스카치: 아니면 계속 최저임금 생활자로 빵이나 치든가……. 꼭 전해, 코란에 걸고!

레자르: 물건 받는 즉시 거리로 내려가서 9월 말까지 가방 두 개 살 200에 맞춰볼게.

스카치: 종이는 큰 걸로.

레자르: 염려 붙들어 매.

스카치: 잘해봐, 형제.

8월 8일 화요일 8642번 통화. 2124357981723번(모로코 당국에 의하면 명의자가 확인되지 않음)에서 발신, 감시 대상이 개인 휴대전화로 수신. 전화기 사용자는 무니르 샤르카니, 일명 레자르. 통화 상대자는 라피크 하사니.

아랍어로 된 단어들은 이 목적을 위해 동원되고 우리와 함께 현조서에 서명한 파티앙스 포르트피 부인에 의해 번역됨.

레자르: 여보세요, 얘기한 건⋯⋯.

하사니: 안 좋아. 그 작자 말이, 좋긴 한데⋯⋯ 당장은 안 되고⋯⋯.

레자르: 안 좋은 건 말하지 마. 나한테는 좋은 것만 말해. 너 지금 하는 말은 이도 저도, 좆도 아니잖아.

하사니: 그래, 지금 당장은 이도 저도, 아무것도 아니지.

레자르: 아이고, 이 화상아, 넌 발밑에 해결책이 있어도 노상 그렇게 꾸물대냐! 도대체 무슨 말을 듣고 싶은 거야⋯⋯. 난 내 종이들이 필요하다고! 기다릴 시간이 없는데, 넌 어떻게 그렇게 세월아 네월아 하고 있냐? 잔치라도 벌어진 줄 아는 모양인데, 이건 잔치가 아냐, 형제. 이건 개똥이라고! 나한테는 넘기면 안 되는 기한이 있단 말

이야.

하사니: 어쨌거나 나한테 12발 줄 거 있는 놈 또 하나 만나기로 했으니까 기다려봐.

레자르: 그 새끼 엄마든 할머니든 누구든 족쳐. 그건 내 알 바 아니니까, 형제. 하지만 와야 할 건 와야지!

하사니: 나도 스트레스 받아……

레자르: 스트레스 받는 걸 행복으로 알아…… 너도 사진 봤지, 형제? 나한테 사업하게 해달라고 똥구멍 핥아대는 멍청이들이 널리고 널렸어. 그런데도 난 안 준다고. 왜냐? 내가 기다리고 있는 건 너니까! 그러니까 서둘러서 빨리 좀 끌어모아. 시간문제라는 말 따위는 이제 꺼내지도 말고.

도청 자료 번역 의뢰가 올 때마다 이런 대화들이 최소 스무 개가 넘었다. 자료 상단에 표기된 통화 번호 사이의 간격으로 미루어, 나는 이런 종류의 통화가 단 며칠 사이에 이번 거래에 연루된 여러 인물 사이에서 총 200건 이상 이뤄졌을 거라는 결론에 도달했다.

스카치 패거리는 내 돈을 끌어모으느라 바쁘게 움직이고 있었다.

그런데 불행하게도, 이 멍청한 인간들이 욕심에 눈이 멀어

자기들 나름대로 도청 대비책이랍시고 세워놓은 원칙을 까맣게 잊은 채 프랑스어로 마구 지껄여대기 시작했다. 그들의 대화에서 아랍어로 된 문장은 점점 줄어들었고, 그렇게 나는 그들의 활동을 전혀 제어할 수 없게 되었다.

8월 15일, 나는 플뢰리 구치소 주차장보다 단두대가 더 가깝게 느껴지는 장소, 로를로주 강변로의 법원 앞 유치장 출구 맞은편에서 두 번째 거래를 하자고 제안했다. 스카치는 대금 전액을 모을 수 있게 일주일만 더 달라고 사정했다. 물론 나는 거절했고, 감히 나한테 기한 연장을 부탁했다는 이유로 기왕에 준 기한마저 이틀 줄여버렸다. 자본주의 게임의 법칙은 나도 알고 그들도 안다. 강제로라도 존중받기를 원한다면 가장 야비한 자가 되어야 한다는 것을.

또다시 택시. "조카들을 만나기로 돼 있어서요"라는 똑같은 거짓말. 이번에는 딜러 셋이 아니라 다섯이 기다리고 있는 약속 장소로 향했다. 스카치의 다른 버전들. 수염을 기른 이슬람 깡패들. 멍청하기 짝이 없는 눈길을 반쯤 가린 무거운 눈꺼풀들. 키 작은 뚱보와 키 큰 말라깽이 중 하나가 그 유명한 레자르일 터였고, 나는 목소리만 듣고도 그를 구별해낼 수 있었다.

거래는 믿을 수 없을 정도로 순조롭게 이뤄졌다. 나는 바퀴가 달린 40킬로그램들이 여행 가방 두 개에 넣어 간 모로코 가방 네 개와 포장하지 않고 되는대로 가져간 20킬로그램을 500유로와 200유로짜리 고액권으로만 채운 45만 유로와 맞바꾸는 데 성공했다. 스카치의 학습 능력이 훌륭했기에, 나는 만족감을 표시하는 뜻으로 스포츠 가방에 따로 넣어 가져간 10킬로그램까지 그에게 덤으로 얹어줬다. 대화는 거의 없었다. 그만큼 그들 모두 한시라도 빨리 그곳을 벗어나고 싶어 했다. 법원 앞에 바글대는 경찰들이 재판에 회부된 불쌍한 혈육을 위해 소위 빨래 가방을 바리바리 싸 들고 온 우리 참한 아랍인 가족을 향해 줄곧 호의 어린 눈길을 던지고 있었으니까.

그 조카 놈들이 얼마나 귀여워 보이던지! 돈을 챙겨 그곳을 떠나는 순간, 나는 내가 그들을 얼마나 사랑하는지 알려주기 위해 경찰기동대를 증인으로 세워둔 채 숙모가 조카들에게 해주듯 무프티 형제의 볼을 살짝 꼬집어주는 사치까지 부렸다.

마치 엄마가 한 번도 요양 병원을 떠난 적이 없었던 것처럼, 나는 다시 그곳으로 엄마를 모셨다. 간병인을 쓴다는 조건으로. 이번에는 간병인의 헌신에 걸맞은 대가를 지불할 수단이 있었기에, 나는 마다가스카르 출신의 젊은 여자 앙타를 고용했다. 원장은 엄마의 소지품이 들어 있는 상자를 나에게 돌려주었고, 슈누키 인형도 침대 머리맡의 자기 자리를 되찾았다. 나는 복도에서 또다시 레제르 부인과 마주치기 시작했다. 그 불쌍한 부인은 이제 말 한마디 하지 않았다. 탈주했다가 고관절에 금이 가는 부상만 입고 돌아왔지만, 그래도 그녀는 화가 난 갑각류처럼 알루미늄 보행기를 밀며 요양 병원 복도를 계속 돌았다.

에올리아드를 나서는데 벤치에 앉아 다투고 있는 레제르 부인의 딸과 아들이 보였다. 딸 레제르는 뜨거운 눈물을 쏟고, 남동생은 불안으로 일그러진 얼굴을 한 채 손톱 살을 물어뜯으며 그녀에게 고함을 질러대고 있었다. 손잡이가 둘 달린 바구니를 옮기듯이 아홉 달 전부터 고통을 함께 지고 다니는 그 50대 남매에게서는 한없는 슬픔이 배어 나왔다. 요양 병원 측에서 최근 그들의 아버지를 우리 엄마와 같은 층으로 옮겼는데, 어느 시간에 그 방 앞을 지나든 그는 늘 휠체어에 묶인 몸을 앞쪽으로 숙인 채 흐느끼고 있었다.

"저 사람들은 노인네들한테 수분 섭취가 필수적이라고 그러지. 하지만 내가 갖다둔 저 에비앙 물병들이 뚜껑 한 번 안 열린 채 그대로 있는 경우가 부지기수야. 왜인지 알아? 아무도 아버지한테 마시라고 주질 않으니까……. 저 사람들, 내가 와서 먹여주지 않는 날에는 아버지 방에 식판만 갖다놓고 그냥 문을 닫아버려. '맛있게 드세요, 레제르 씨.' 아버지가 먹는지 안 먹는지는 아무도 신경 안 쓴다고……. 게다가 엄마는, 저 사람들이 엄마한테 옷 입혀놓은 거 봤어? 기온이 35도인데 모직 스웨터를 입고 계셔……. 그리고 요양 병원에서 탈주한 것도 그래……. 엄마는 이곳저곳을 배회하다가 순환도로 진입로에서 자동차에 치였다고. 개처럼 말이야……. 더 멀리 갔으면 어떻게 됐을 것 같아? 그런데도 원장은 엄마가 뜯어버린 탈주 방지용 팔찌 값을 배상하라고 난리지……. 우리가 내는 모든 돈은 도대체 어디로 가버린 거야?"

요양 병원에 대한 불만이 터져 나올 때마다 딸 레제르의 울음소리는 더 커져만 갔다. 그 슬픈 말다툼은 몇 시간이고 지속될 수도 있었을 것이다. 내가 훤히 알고 있는 그 가족의 상황은 그만큼 참혹했다.

"직원들이 돌아가며 휴가를 쓰는 여름에는 늘 이래요. 원하시면 내가 엄마를 위해 고용한 간병인을 같이 써도 되는데……."

"정말요? 그렇게만 할 수 있다면 정말 좋을 텐데……." 딸 레제르가 고마움 가득한 눈길로 나를 보며 말했다.

하지만 동생이 곧바로 끼어들어 아쉽게도 자기들에게는 그럴 만한 여유가 없다고, 자기들 두 가족이 여름 내내 파리에 머물면서 돌아가며 부모의 병상을 지킬 거라고 설명했다.

"한 푼도 여유가 없어요. 아버지 퇴직연금으로는 요양비의 절반을 대기도 빠듯하고, 엄마한테 들어가는 돈은 모두 우리 주머니에서 나오거든요. 그래서 주판알 튕기느라 시간을 다 보내죠. 후견인 제도도 알아봤는데, 다들 입을 모아 하는 소리가 그거 너무 복잡해서 안 하느니만 못하다네요. 우선 판사를 후견인으로 두려면 1년은 족히 기다려야 하고, 일단 결정이 내려지면 계좌들이 잠겨버려요. 판사 허락 없이는 몇 달 동안 한 푼도 찾을 수가 없는데, 판사가 늘 일이 너무 많거나 휴가 중이라 허락을 얻는 게 하늘의 별 따기랍니다."

"그럼 요양비는 어떻게 내세요? 혹시 서명을 위조해 부모님 계좌에서 돈을 빼내는 건가요?"

"정확하게 아시네요!"

"다들 그러고 사니까요……."

"모든 비용을 지불하려면 매달 적어도 1만 유로가 필요해요. 어마어마한 액수죠. 법무사는 부모님 아파트를 종신연금 할부 형태로 매각해 우리 계좌로 연금이 들어오도록 하라더군요. 인터넷에 광고를 낸 지 6개월이나 됐는데, 그렇게 비싼 종신 할부에 관심을 갖는 사람은 아무도 없어요. 빌어먹을 요양 병원이 청구하는 돈을 내려면 이제 곧 아파트라도 팔아야 할 지경이에요."

"부모님이 어디 사셨는데요?"

"몽주가에 있는 72제곱미터 크기의 방 세 개짜리 아파트요."

"그 아파트, 내가 관심 있어요! 진지하게 말씀드리는 거예요. 종신연금 설정 시 지불해야 하는 선금 액수가 아주 크지만 않다면, 두 분이 원하는 액수를 매달 드릴 준비가 되어 있어요."

그들의 눈에 희망이 되살아났다.

"……그러면 두 분은 부모님을 위해 간병인을 풀타임으로 쓰거나, 그게 아니라도 최소한 번갈아 휴가를 떠날 수 있을 거예요……. 한데 그러려면 부모님이 법무사 앞에서 매매계약서에 서명하셔야 하는데……."

"저희 일을 봐주는 법무사가 서류를 들고 에올리아드를 들락거리면서 어르신들에게 서명을 받아요. 법적으로 문제 될 게 없으면, 그러니까 누군가를 약탈하지 않는 한 어르신의 상태 따위는 조금도 중요하지 않죠. 우리는 그냥 부모를 요양원에 모신 두 자식일 뿐이고요. 우리 부모님을 슬쩍 한번 보기만 해도, 그들이 두 번 다시 이곳을 나가지 못하리라는 건 금방 알 수 있어요."

"말씀드렸다시피, 그 아파트, 내가 관심 있어요."

"부인이 우리 목숨을 구해주시는 거나 마찬가지라는 거 아세요?"

"하지만 두 분께 양해를 구해야 할 일이 있어요. 원하시는 연금을 매달 드릴 수는 있는데, 그게 현찰로만 가능해요. 솔직히 말씀드리자면, 원래 엄마의 몫인 거금을 집에 보관하고 있거든요. 불법적으로 취득한 돈은 아니에요. 깜빡 잊고 자신을 데려가지 않은 독일군이 다시 자신을 잡으러 올지 모른다는 생각에 평생 불안에 떨며 살아온 약간 미친 유대인 노파의 재산이죠."

"현찰을 받아서 저희 계좌에 넣으면 되죠. 문제없어요." 딸 레제르가 말했다.

"아니, 아뇨, 그건 안 됩니다." 아들 레제르는 단호하게 반대했다.

"이것 봐, 이러니까 절대 못 벗어나지!" 딸 레제르는 돈세탁을 할 수 없는 것이 마치 동생 탓인 양 과장된 절망감을 드러냈다. 그녀는 다시 소리 내어 흐느끼기 시작했고, 동생은 한숨을 내쉬었다.

"혹시 마음이 놓일까 해서 말씀드리는 건데, 에올리아드의 원장은 이것저것 꼼꼼하게 따지는 사람이 아니에요. 오히려 현금을 주면 더 좋아할걸요. 수천 시간에 달하는 초과 수당을 현금으로 지급하면서 합법적으로 나오는 돈을 챙길 수 있으니까요. 아시는지 모르겠지만, 인력 감축을 선호하는 미국 요양업계에서는 다들 그렇게 한답니다."

"좋아요, 법무사한테 말해보죠. 사실, 우리 처지에 찬밥 더운밥 가릴 수는 없으니까요."

"혹시 실례가 안 된다면, 무슨 일 하세요?"

"형사입니다."

"이런, 세상 참 좁네요! 내 애인도 형사예요. 나는 법정 통번역사로 일하고요."

우리는 노인네들을 부양하느라 허리가 휘는 서민, 같은 처지에 놓인 사람들이었다. 이러한 사실이 그들을 안심시켰다.

레제르 남매가 75만 유로에 부모의 아파트를 팔 생각이었기 때문에, 우리는 매매계약 시 5만 유로를 일시불로 내고, 여든여섯의 나이로 반신불수에다 실어증까지 걸린 그들의 아버지와 알츠하이머를 앓는 어머니가 살아 있는 동안, 다시 말해 두 분 모두가 보이는 절망적인 상태를 고려하건대 넉넉 잡아 3년 정도로 평가할 수 있는 기간 동안 매달 2만 유로씩 지불하기로 합의했다. 사기당하는 사람은 아무도 없었다. 구 매자가 나설 경우에 대비해 양도에 필요한 아파트 서류들이 이미 준비되어 있었고, 담보로 잡힐 부동산이 있는 경우 은 행 대출은 형식적인 절차에 지나지 않았기 때문에, 내 거래 은행에서는 매매 시 일시불로 지불할 돈을 일사천리로 대출 해주었다. 일주일도 채 지나지 않아, 나는 종신연금의 형태로 아파트를 취득할 수 있었다.

그사이, 나는 아들 레제르와 함께 내 미래 자산을 둘러보러 갔다.

단순히 죽음을 마주할 때 보이는 본능적인 태도였을까? 아 니면 부모의 내밀한 공간을 침범하는 게 불편해서였을까? 아들 레제르는 그 아파트가 이미 내 것인 양 편하게 둘러보 라는 손짓만 하고 정작 자신은 문턱을 넘지 않았다. 아파트 내부에서는 곰팡내가 났다. 커튼을 젖히자 햇살이 들이쳤고,

먼지 입자들이 신이 난 듯 춤을 춰댔다. 더럽고 상태가 안 좋은 곳이었지만, 수리를 맡을 폴란드 인부들을 낙담시킬 만한 것은 아무것도 없었다. 적어도 나는 그렇게 판단했다. 하나하나 열어본 붙박이장들은 옷가지나 때가 낀 온갖 낡은 것들로 가득했다. 모두 버려야 할 것들이었고, 그 일은 내 몫이 될 터였다. 심지어 레제르 남매가 부모의 물건을 일일이 분류하지 않아도 된다는 이유만으로 그 아파트를 기꺼이 팔아치우는 게 아닌가 싶을 정도였다.

처음은 아버지, 다음은 남편과 엄마, 그리고 이제는 다른 이들의 부모. 누군가가 살다 간 흔적을 쓰레기봉투에 담아버리는 게 운명이 내게 부여한 임무가 아닐까 하는 생각까지 들었다. 어쨌거나 아파트는 뤼테스 원형경기장에서 몇 미터밖에 떨어져 있지 않을 정도로 위치가 좋았다. 나는 마침내 딸들에게 물려줄 번듯한 무언가를 가지게 된 것이 기뻤다.

법무사 사무실의 커다란 탁자 주변에 모두 둘러앉아 있는 동안, 나는 여름 원피스 옆 주머니에 양손을 집어넣고 2만 유로짜리 지폐 묶음 두 개를 손가락과 손바닥으로 굴려댔다. 두 개의 커다란 조약돌처럼. 모든 서명이 끝난 즉시 이 조약돌들을 탁자 위에 올려놓자, 뤼크 레제르가 약간은 수상쩍은 뭔가를 집듯이 그것들을 잡아채서는 누나의 손에 얼른 넘겨주고 나에게 두 달 치 연금 영수증을 써주었다. 그는 역겹다는 듯 보는 둥 마는 둥 했지만, 그의 누나는 돈을 사랑하는 여자들 특유의 생기 넘치는 눈으로 그것들을 바라보았다.

이어 여름과 초가을이 테러, 파업, 폭염과 함께 쏜살같이 지나갔다.

내 두 딸은 여름휴가를 마치고 돌아와 일을 다시 시작했다. 필리프는 아들에게 기린을 보여주겠다며 3주 휴가를 내고 아프리카로 떠났다. 나는 내내 새 아파트에 공을 들였다. 아파트를 비우고 전체적으로 손보는 대가로 미콜라이라는 업자와 그의 팀에 6만 유로를 쥐여줘야 했다.

최근에는 돈세탁 금지법을 통과시켜 거래당 현금 계산액을 9만 유로로 한정한 스위스를 며칠 일정으로 다녀오기도 했다. 마침내 끝없는 여름을 시작하기로 단단히 마음먹은 나는 어린 시절 부모님과 자주 찾았던 호텔, 〈어린 불꽃놀이 수집가〉 사진을 찍었던 벨베데르 호텔에 묵었다.

처음으로 그 전설적인 호텔에서 휴가를 보내기 시작한 사람은 내 할머니 로자였다. 재혼한 남편에게서 1946년에 물려

받은 돈 덕분이었다. 할머니의 언니 일로나는 독일이 오스트리아를 합병했을 때 런던으로 망명해 그곳에 자선 재단을 세웠는데, 회원 대부분은 자신이 살아 있다는 의식은 거의 없지만 강제수용소로 끌려간 착한 유대인 여자들을 도울 준비는 돼 있는, 아주 나이 많은 신사들로 이루어져 있었다. 이렇게 해서 내 할머니는 1945년 11월, 만난 지 5분 만에 아흔두 살의 윌리엄스 씨와 결혼했다. 그러니까 단 5분 만에 그의 자손들에게서 유산을 가로챈 셈이었다. 윌리엄스 씨는 결혼식을 올리고 몇 달 뒤에 죽었다. 죽은 남편의 자손들이 강제수용소에 끌려가 고초를 겪은 이 착한 유대인 여자에게 소송을 제기하지 않은 덕분에 돈을 고스란히 차지한 그녀는, 수용소에 있을 때 딸과 함께 꿈꾼 대로 독일어권의 중립국에서 오래오래 머물며 호사를 부리고 호수를 바라보며 케이크를 먹는 비용을 지불할 수 있었다. 또 이렇게 해서 아주 세련된 영국 노부인 로즈 윌리엄스는 벨베데르 호텔에 자신의 푯말들을 세우고, 자기만의 끝없는 여름을 시작했다. 하지만 전쟁의 내핍으로 소진된 그녀의 몸이 육순을 넘기지 못했기 때문에 불행하게도 그 여름은 15년밖에 지속되지 않았다.

나는 환상 따위는 품지 않는다. 만일 1946년에 호텔방을 예약한 사람이 빈 프라터 구역에 거주하는 빈민 로자 질베르만이었다면 호텔 측에서는 상냥한 말투로 빈방이 없다고 대답했을 것이고, 우리는 결코 그 호텔에 발을 들여놓지 못했을 것이다.

내 아버지는 1955년에, 나는 내가 태어난 해인 1963년에 그 두 여자와 합류했다. 우리 가족은 엄마가 아무것도 안 하면서 보낸 한 해의 고단함에서 회복할 수 있도록 여름 여행을 벨베데르 호텔에 묵는 것으로 시작했다. 매년 방을 예약했고, 8월 1일의 불꽃놀이를 구경하기 위해 늘 같은 날짜에 도착했다. 곧 내 남편이 아버지를 대신해 우리 곁에 자리를 잡았고, 내 딸들이 태어났다. 이어 남편이 죽었다. 엄마가 돈을 다 써버려 더는 호텔 비용을 댈 수 없게 될 때까지, 식탁의 자리는 오로지 여자들만으로 채워졌다. 나는 긴 부재 끝에, 혼자서는 처음으로 그곳에 묵었다.

호수가 내려다보이는 멋진 전망으로 유명한 벨베데르 호텔은 19세기에 세워진 이래 줄곧 한 가족의 소유로 남아 있었다. 휘르슈Hürsch 집안 사람들이 3대에 걸쳐 스위스 호텔업계 전문 종사자 특유의 잔뜩 찌푸린 얼굴을 하고 그 무거운 건물에서 우리 식구를 맞이했다. 대단히 칼뱅주의적인 그 엄숙함이 신흥 부자와 유럽에 사는 외국인들의 호텔 접근을 차단해주었다. 소란과 오락거리를 탐하는 이런 손님들의 욕구를 충족시킬 만한 시설은 이곳에서 전혀 찾아볼 수 없었다. 사우나도, 수영장도, 부티크도, 회의실도 없었다. 전자 음향 합성 장치로 내는 고래들의 노래 같은 음악도 없었고, 비디오게임도, 게임기 주변에서 소리를 질러대는 꼬마들도 없었다. 오로지 터무니없는 비용을 지불하고 즐기는 고요와 탁 트인 전망뿐이었다. 그것이 바로 가족 간의 시간을 허락하는 진정한 호사였다. 엄마에게 아직 돈이 약간 남아 있던 시절, 내가 마지막으로 그곳에 발을 들여놓았을 때 어떤 사람이 호텔 접수대에서 혹시 인터넷이 되느냐고 묻는 걸 본 적이 있다. 휘르슈 씨는 마치 매춘부를 불러달라는 요구를 받기라도 한 듯 경멸의 표정을 지으며 이렇게 대답했다. "저희 호텔에서는 그런 종류의 서비스를 제공하지 않습니다."

하지만 택시가 호텔 정문 앞에 닿았을 때, 나는 아무것도 알아보지 못했다. 호텔은 사라지고 없었다. 아니, 그보다는 유리로 된 평행육면체의 대형 구조물에 흡수되어 있었다. 고객 중에도 직원 중에도, 낯익은 얼굴은 전혀 없었다. 마치 휘르슈 집안이 아예 존재하지도 않았던 것 같았다. 거위 깃털로 속을 채운 이불 위에 놓아둔 작은 초콜릿도 보이지 않았다. 초콜릿은커녕, 갈색빛이 도는 회색의 무미건조한 방에는 깃털 이불조차 없었다. 모든 게 베이지색과 갈색빛 도는 회색으로 변해버렸다. 커튼도, 침대 커버도, 카펫도……. 세계의 다른 모든 고급 호텔처럼, 투숙객이 세련된 코쿠닝[61]을 누릴 수 있게끔 모든 것이 흰색과 검은색을 결합한 무채색을 띠고 있었다.

물론 호수가 내려다보이는 전망만은 여전히 그대로였다. 하지만 아래를 내려다보니, 확장 공사를 했는지 내가 '어린 불꽃놀이 수집가'로서 첫발을 내디뎠던 예쁜 정원이 사라지고 없었다. 푸른 스위스 하늘을 배경으로 패러글라이딩 낙하산들 아래서 펄럭이는 니캅들을 본 순간에야 나는 깨달았다. 벨베데르 호텔이 중동 석유 부국들의 자본에 흡수합병되고 말았다는 것을.

그 작은 방울 모양의 검은 꽃들을 눈으로 쫓으며, 나는 철학적 피로감이 묻어나는 한숨을 크게 내쉬었다. 하지만 누가 알겠는가, 베일을 쓴 채 벨베데르 호텔의 테라스에 앉아 하늘을 올려다보는 그 어린 여자아이들 가운데 생크림을 얹고 시럽을 잔뜩 뿌린 멜바 딸기를 즐기는 아이가 하나쯤 있을

---

61 외부 환경과 상호작용 없이 디지털 매체를 이용해 자신만의 안전하고 편안한 공간을 확보하는 것을 말한다.

지. 만약 있다면, 그 아이 역시 오래전의 나처럼 범상치 않은 운명을 꿈꾸고 있을지도 몰랐다.

호텔 방에 짐을 푼 뒤, 나는 조금도 지체하지 않고 가지고 싶었던 모든 것, 마침내 살 수 있게 된 모든 것을 사기 위해 상점들을 이리저리 돌아다녔다. 하지만 보석 가게와 패션 부티크의 진열창을 따라 돌아다니던 나는 갖고 싶은 게 아무것도 없다는 사실을 금세 깨달았다. 백금, 금, 혹은 300밀리리터당 600유로나 하는, 캐비아가 함유된 주름살 방지 크림들 앞에 멈춰 서자마자 알 수 있었다. "이건 단순한 주름살 방지 크림이 아니라, 실험을 통해 나온 결과물이에요, 부인." 흰 가운 때문에 실험실 연구원처럼 보이는 여성 판매원이 말했다. 영원한 젊음에 도달하기 위해 희귀 금속이나 멸종의 길을 걷는 동물의 알을 얼굴에 처바르다니, 도무지 이해할 수 없는 형이상학 아닌가……. '아예 돈을 잘게 썰어 로열젤리 같은 고가의 영양 보조 식품으로 만들어 먹지 그래.' 나는 이렇게 생각하며 혼자 웃었다.

결국 일본 일개미 방식으로 돈세탁을 하기로 마음먹었다. 그러니까, 립스틱 케이스에 쏙 들어가는 0.5캐럿 팬시 비비드 핑크 네 개와 켈리 에르메스에서 나온 붉은 악어가죽 핸드백을 각각 9만 유로에 사서 파리로 돌아간 뒤 경매에 올려 되팔기로 한 것이다. 분홍색 다이아몬드와 유명 브랜드 가방은 경매에 올리면 작은 빵처럼 팔려나간다. 나 역시 파리 경매 카탈로그를 뒤적이며 꿈꿔본 터라 잘 알고 있었다. 내가 큰맘 먹고 개인적으로 구매한 것은 구색이 맞는 줄이 딸린 터무니없는 가격의 이탈리아제 가죽 개 목걸이뿐이었다. ADN에게 줄 선물이었다.

이렇게 몇 가지를 사서 조용하게, 그리고 쓸쓸하게 호텔로 돌아온 나는 호텔 방 발코니에서 나의 우아한 ADN과 마주 앉은 채 이것저것 생각하며 첫날밤을 보냈다.

나의 끝없는 여름은 상상했던 것과 전혀 다른 방식으로 시작되고 있었다.

내 삶을 가득 채운 지식인들의 표현을 빌리자면, 나는 돈으로 처바른 즐거움을 맛보고 있어야 했다……. 그렇긴 한데…… 도대체 뭘 사고, 뭘 한단 말인가. 그 젊은 마약 딜러들, 내가 거의 25년 전부터 그들의 통화를 번역해온 터라 확실히 아는데, 그들 가운데 수시로 일어나는 위장 경련이나 치아 교정기 값, 수학여행비, 다시 꿰매야 하는 두건 달린 스웨터 등 그들의 엄마를 서서히 모래사장에 좌초시키는 그 모든 자잘한 현실에 상처를 입어본 이는 한 명도 없었다. 돈이 없어도 내 새끼들은 언제나 깔끔하게 입고 다니도록 저녁마다 쥐고 씨름했던 다리미처럼, 삶은 그렇게 나를 누르고 지나갔다. 나는 금전적인 근심에 날개가 꺾인 보잘것없는 아줌마가 되어 있었다. 끝없이 우리를 세뇌시키는 각종 광고의 내용과 달리, 수많은 습관을 몸에 익힌 뒤 행동 방식을 바꾸기란 그리 쉬운 일이 아니었다.

나는 저녁을 방으로 가져다달라고 주문했다. 말할 필요도 없지만, 메뉴에 싸구려 생갈Saint-Gall 소시지 같은 건 없었다. 나는 '고급 할랄 요리'라는 모순적인 이름이 붙은 메뉴를 주문해 먹었다.

일찍 잠자리에 들었다. 일단 잠이 들자, 무의식의 쓰레기장이 앞뒤가 맞지 않는 꿈의 조각들을 내 정신에 끊임없이 쏟아냈다. 스카치를 기다리는데 내 두 발이 녹아내리는 여름 아스팔트 속으로 빠져드는가 하면, 필리프가 내 매그넘을 자기 총인 양 벌거벗은 상체에 두른 총집에 꽂고, 얼음처럼 차가운 호수에 빠진 ADN이 물을 마셔가며, 꼬리를 프로펠러처럼 흔들어가며, 소시지를 닮은 몸을 바로 세우려고 필사적으로 버둥대고⋯⋯. 결국 나는 머릿속이 쉿밥으로 가득한 느낌과 함께, 그리고 누군가에게 말을 하고 싶은 절망적인 욕구와 함께 새벽 5시에 깨어났다. 필리프에게 전화를 걸었다가 왠지 창피해서 즉시 마음을 고쳐먹었다. 그가 곧바로 다시 전화를 걸어 왔지만 받지 않았다. 나는 그 이른 시각에 이미 활기를 띠고 있는 호텔 정원으로 내려갔다. 틀림없이 아침형 인간이었을 예언자가 가장 좋아했던 새벽 기도(알라의 기도와 구원이 그에게 있기를) 시간, 알 파이르였다. 나는 머리에서 뒤숭숭한 꿈의 조각들을 털어내기 위해 호수 쪽으로 방향을 틀었지만, 극도로 위협적인 백조 가족이 앞길을 막고 있어서 그것도 여의치 않았다.

6시에 아침을 먹었다. 상념에 젖은 채, 너무나 스위스적인 엉덩이 모양의 작은 빵 베글리에 버터를 바르면서—'민망할 정도로 하람[62] 하네. 젠장, 카타르인 경영진은 대체 뭐 하고 자빠진 거야?' 혼자 이렇게 중얼거리며 또 한 번 웃고—나는 마치 고난의 역에서 다른 고난의 역으로 전전하는 사람처럼 종일 이곳저곳을 돌아다니는 내 모습을 떠올렸다.

정오, 나는 파리행 기차에 앉아 있었다.

---

62 할랄의 반대어. 할랄이 허락된 것인 반면, 하람은 금지된 것을 뜻한다. 여기서는 베글리 빵의 모양이 선정적이라는 의미로 쓰였다.

아파트 문을 여는 순간 가장 먼저 눈에 들어온 것은, 〈어린 불꽃놀이 수집가〉 액자 한구석에 꽂아두었던 바나나 색깔의 200유로짜리 지폐였다.

그 지폐에 적힌 메시지의 의미가 갑자기 아주 명료하고 당황스러울 정도로 정확하게 와닿았다. '한 시간 후에 너는 또 배가 고플 것이다.' 불량 식품을 먹는 아이들에게 어른들이 흔히 하는 말 아닌가. 스위스에 잠시 머물다가 쫓기듯 돌아오면서 내가 내린 결론도 거의 비슷했다. 나에게 필요한 건 처발라댈 돈이 아니었다…… 그렇다고 내가 어떤 사회적 권력을 과시하고 싶은 것도 아니었다…… 그래…… 나는 단지 어린 불꽃놀이 수집가의 순수함을 약간 되찾고 싶었을 뿐이다. 그제야 알 수 있었다. 그 긴 세월 동안 나를 끊임없이 괴롭혀온 내일에 대한 불안을 털어버리지 못하는 한 끝없는 여름은 절대 있을 수 없었다. 단돈 1상팀을 아껴서라도 내 딸들에게 적어도 집 한 칸씩은 장만해줄 만한 돈을 모아야 했다.

그런 날이 올 때까지 나는 구멍가게 주인처럼 동전을 세기로 마음먹었다. 나는 스스로에게 말했다. "그래도 배가 고픈지는 그때 가서 보자고."

6

말로 밥을 지을 수는 없다

나는 성실한 구멍가게 주인으로서 지하 창고 문을 열 때마다 재고품이 너무 천천히 줄어드는 것을 보고 낙담했다.

같은 층 이웃인 콜레트 호도 나랑 거의 같은 말을 혼자 중얼거리고 있는 게 분명했다. 각자 커다란 가방을 든 채 엘리베이터에서 마주칠 때마다 나만큼이나 근심 어린 표정을 짓고 있었으니까. 나는 먼저 다가가 속내를 까놓기로 마음먹었다.

"저기요, 호 부인, 이번 분기 아파트 관리비를 현금으로 내도 될까요?"

호 가족이 아파트 건물 공동소유권 대부분을 샀을 때 가장 먼저 내린 결정은 조합을 해체하고 건물 전체를 직접 관리하겠다는 것이었다.

사실, 그때까지는 그 무뚝뚝한 아줌마가 나의 중국인 버전이라는 사실을 전혀 알아차리지 못했다. 나와 똑같은 방식으로 회색이나 검은색 기성복을 차려입은 모습, 항상 자루가 들려 있는 손, 아침 6시에 일어나 자정 전에는 절대 잠자리에 들지 않는 일상. 호 씨 가족 전체가 그녀에게 빌붙어 사는 것 같았다. 남편 호 씨는 죽었는지, 아니면 어느 교도소에 처박혀 있는지 코빼기도 볼 수 없었다. 한번 보기만 해도, 그녀 역시 악착같이 긁어모은 자본, 주변에 최소한 가게 넷에다 몇 채인지 모를 아파트도 소유하고 있는 만큼 아마 상당한 규모일 자본을 마음껏 쓰지 못하고 있다는 사실을 알 수 있었다.

나를 빤히 쳐다보는 그녀의 눈빛에서 내가 언제까지, 어느 정도로 쓸모가 있을지 재어보고 있다는 것이 느껴졌다.

"현금이 남아도나?"

"그럭저럭."

"당신 아파트, 시가에 현금 얹어주면 산다. 수수료는 30퍼센트"

"아파트 시가 54만에 만약 내가 현금으로 30만을 얹어주고 당신이 75만에 사면 당신한테 9만이 떨어지는 거네요, 맞죠?

9만은 너무한 거 아니에요? 돈세탁 수수료가 보통 20퍼센트인데."

이것 역시 우리의 공통점이었다. 돈 계산이 아주 빠르다는 것.

"현금 획 사라지게 하려면 일 많아."

"생각해보죠. 그래도 수수료 9만은 너무 비싸요."

……그러고는 각자 집으로 돌아갔다. 에르메스 가방과 분홍색 다이아몬드들을 처분하면 잠정적으로 50만 유로를 세탁할 수 있을 거고, 아파트를 팔면 20만 정도가 추가될 거고, 거기다 종신연금까지 붓고 있으니, 일이 착착 진행되는 셈이었다.

11월 말에는 마약 단속반에서 내가 스카치 패거리와 거래했던 것보다 훨씬 많은 양의 마약과 관련한 새로운 도청 자료 번역을 의뢰해왔다. 앤틸리스 제도에 근거지를 둔 이 튀니지인들은 콜롬비아에서 코카인을 수입하고 그 대금을…… 대마초로, 수 톤의 대마초로 지불했다. 하지만 사건이 낭테르 중앙 마약 밀매 단속국에서 내려온 것이기 때문에, 감히 스카치 패거리 때처럼 그들과 접촉할 수는 없었다. 게다가 내가 도청하는 자들이 진짜를 가장한 가짜 배달을 기획하기 위해 경찰이 고용한 사람들일지 모른다는 생각도 들었다.

낭테르 단속국에서는 이제 그런 식으로 일을 했다. 현대적인 방식으로. 나쁜 경찰 없이는 좋은 경찰도 없었다. 그들은 이런 식으로 텔레비전 카메라 앞에서 마약 압류를 기획·연출하고, 장관들에게 산처럼 쌓인 대마초 앞에서 비통한 표정으로 포즈를 취할 기회를 제공했다.

내가 아는 것은, 이런 조작 덕분에 몇몇 마약 딜러가 국가의 가호를 받으며 사우디의 왕자들처럼 지낸다는 사실이었다……. 따라서 언젠가 나에게 양심의 가책이 찾아온다 해도, 나는 아무 거리낌 없이 그들과 똑같은 짓을 할 것이다. 하지만 가만히 생각해보면 얼마나 부끄러운 일인가! 납세자에게 봉급을 받는 경찰들이 마약 딜러들과 뒹굴며 호사스러운 생활을 즐기다니.

적어도 내 사업 파트너 스카치에 대해서는 그런 우려를 할 필요가 없었다. 물론 그도 동네 케밥 가게에서 끼니를 해결하곤 하지만, 무엇을 위해서든 그를 채용할 생각을 하는 사람은 아무도 없을 테니까. 그럼에도 나는 그 튀니지인들을 염두에 새겨두었다. 솔직히, 나도 그 경찰들처럼 좋은 조건에서 지적인 사람들과 일할 수 있었으면 하는 생각에 질투가 나기는 했다. 그 사람들은 자기들 나름의 취향을 가지고 있었고, 고급 호텔을 드나들었으며, 아프리카 촌구석에서 올라온 무식하고 불쌍한 여자들과는 수준이 다른 자기 여자 친구나 아내를 존중했다. 나와 거래하는 멍청한 놈들과는 완전히 다른 부류였다. 여자의 배에는 늘 아이가 들어앉아 있어야 하고, 여자의 등짝은 수시로 몽둥이로 패줘야 한다고 생각하는 우둔한 무슬림이 아니었다. 내가 헤드폰을 쓰고 그 튀지니인들의 대화를 엿들으면서 정말 수상쩍게 생각한 게 바로 그러한 점이었다. 왜냐하면 스카치만 보더라도(아주 드문 경우를 제외하고 마약 딜러들은 모두 비슷했다) 돈을 조금씩 모으기 시작하자마자 짝짓기할 생각부터 했으니까. 그는 모로코의 가족에게 접근해서, 인용하자면, 니캅을 쓰고 코란을 읽는 깨끗한 여자를 좀 찾아달라고 부탁했다.

하지만 어떻게 보면 나는 내게 딱 맞는 파트너들을 찾은 셈이었다. 어딘지 모를 곳에서 불쑥 나타난 여자와 거래를 할 정도로 멍청한 자들은 그들뿐이었으니까. 어쨌거나 그들 모두 여름 내내 열심히 일했고, 10월 15일에 200킬로그램을 또 거래하자며 문자메시지로 나에게 연락을 취해왔다.

1m = 2 × 40 + 20, + 안 됨, 2x로 3,5[63]

택시를 부를 때마다 트렁크가 큰 차를 보내달라고 부탁했지만, 불행하게도 바퀴 달린 40킬로그램들이 가방 두 개와 대마초 20킬로그램을 마구잡이로 넣은 가방 하나 이상을 실을 수 있는 트렁크는 없었다.

"타티 가방들 들고 어디로?" 스카치가 감히 빈정대는 투로 물었다.

"타티[64]로, 신부 드레스 피팅 룸 옆, 17시 15분."

나는 곧바로 대답했다. 기분 좋은 날이었다.

거래 당일 아침, 나는 강절도 단속반의 긴급 연락을 받았다. 체포된 두 절도범의 주거지를 지난밤 가택수색 했는데, 그때 압수한 상자의 내용물과 아랍어 글자로 가득한 하드디스크 내용의 목록을 작성해달라는 요청이었다. 주로 노인들의 집을 침입해 전문적으로 털어 가는 그 두 젊은 강도의 수법은 가스회사 직원이라고 속여 문을 열게 하는 것이었다.

---

63 풀어 쓰면 다음과 같다. "100킬로그램은 40킬로그램들이 가방 두 개와 20킬로그램들이 가방으로. 그 이상은 안 됨. 돈은 두 번에 나눠 35만 유로 지급."
64 여기서는 중저가 의류 백화점을 뜻한다.

나는 한 사무실에 자리를 잡고 상자에 든 물건들을 하나씩 꺼내가며 단속반에서 요구한 대로 내가 거기서 발견한 모든 것, 다시 말해 완벽한 '넷 이슬람주의자'[65]의 목록을 작성했다.

1) 〈해결책〉이라는 제목이 붙은 아랍어 텍스트: 아프가니스탄에서 구소련에 맞서 싸운 뒤 1989년에 사망한 지하드 전사 타임 알 아드나니의 연설문.

2) 아랍어로 쓰인 글: 1989년 파키스탄 페샤와르에서 사망한, 일명 '아프가니스탄 지하드의 심장이자 두뇌' 압달라 아잠이 쓴 《지하드의 의무에 대하여》.

3) 분책: '지하드 전사 지망자를 모집할 때 따라야 할 규칙'이라는 부제가 붙은 《만남》. 저자 미상.

4) 분책: 《순교 작전의 합법성에 대하여》. 저자 미상.

5) CD와 봉투 하나: 봉투에는 〈데모크라티아〉라는 제목이 붙은 아랍어 텍스트가 들어 있고, CD에는 아부 무사브 알 자르카위의 120분짜리 연설이 녹화되어 있음. 오디오 연설은 총성과 지하드 전사들의 노래로 인해 군데군데 안 들림.

---

65 순전히 인터넷으로 포섭되어 활동하는 이슬람주의자.

바로 이런 것 때문에 나는 테러 사건과 관련된 번역을 거부해왔다. 내가 이런 종류의 일을 하는 건 처음이 아니었고, 인터넷에서 활동하는 극단주의자들에게서는 늘 이런 지적인 싸구려 장신구들이 발견되곤 했다. 사람들은 번역가가 음모를 좌절시키는 데 일조한다고 믿는데…… 뭐, 어쩌면 1,000개 중 하나 정도는 그럴지 모르지만, 나머지 999개의 내용은 사실 《얼간이들을 위한 코란》따위를 읽고 극단화된 무지몽매한 인간들이 쓴, 예언자의 말씀(평화와 알라신의 가호가 그에게 있기를)에 대한 주석 같은 것들이다. 얼마나 끔찍한지!

　6) 군인들의 목을 베는 지하드 전사들을 보여주는 16분짜리 영상.
　7) 《천국이 우리의 보상》이라는 제목이 붙은 전투적 하디스[66] 모음집.
　8) 튀니스 바르도에서 피의 늪에 빠져 있는 잉기마시[67] 마디 알-야하위와 자베르 알-카슈나위의 사진.
　9) 〈유럽 칼리파의 병사들에게〉라는 제목이 붙은 아부 무함마드 알-아드나니의 영상.

---

66 이슬람교의 예언자인 무함마드의 언행록.
67 자살 폭탄 테러를 하는 이슬람 순교자.

시 읊조리는 소리를 배경음악 삼아 이 모든 것을 꼼꼼하게 적어나가고 있는데, 경찰서에서 2년 전부터 마주쳤던 한 젊은 형사, 운동선수 같은 체격에 늘 민트향 추잉 껌 냄새를 풍기며 다니는, 악에 대한 선의 승리를 굳게 믿는 착한 청년이 날 찾으러 왔다. 나는 묻는 듯한 그의 눈길에 대한 답변으로 CD 표지에 실린 알 바그다디의 사진을 보여주었다. 알 바그다디는 알카에다식 동굴 거주자의 모습을 버려 수염도 그럭저럭 자르고 검은 옷을 입고 있어서 보다 현대적으로 보였다.

   "아나시드[68]예요, 악기를 사용하지 않은 버전."

   "좀 꺼주실래요? 불안해서……."

   "불안해할 거 없어요……. 우리가 일상적인 선택을 할 때 올바른 방향으로 나아가도록 도와주는 아주 오래된 이슬람 시들이니까……. 귀 기울일 만한 진리들로 가득하죠."

   "다에시 선전 비디오에 배경음악으로 깔리는 소리랑 비슷한 것 같아요."

   그는 내가 작성한 목록을 집어 들어 훑어보고는 깊은 한숨을 내쉬며 다시 내려놓았다. 전형적인 21세기식 한숨이었다.

---

68 이슬람교 성가.

내 딸들도 해변에 떠밀려온 아이들 시체, 불타는 숲, 죽어가는 동물들을 보면 똑같은 한숨을 내쉬곤 한다.

"살릴 알-사와림[69] 얘길 하는 것 같은데……. 아주 흥겨운 벨리댄스 버전도 있으니까 관심 있으면 들어봐요……. 심지어 칩멍크[70]가 부른 것도 있어요. 그냥 〈라 마르세예즈〉[71]와 가사가 거의 비슷한…… 오히려 더 온건한, 아주 오래된 노래일 뿐이에요." 그가 웃는 모습이 보고 싶어서 마지막 말을 덧붙였지만 허사였다.

나는 말을 이어갔다.

"있잖아요, 이건 그냥 하나의 문식文飾이에요. 언제나 보는 이를 아주 불안하게 만들죠."

"이 모든 게 언제쯤에나 멈출까요?"

"대체 무슨 얘길 하는 거예요? 찰나에 불과한 영광의 시간을 누리려 하는, 두뇌가 오염된 한 줌의 패배자들보다 훨씬 위급한 일들이 세상에는 수두룩하게 널려 있어요. 안 그래요? 그냥 그 사람들이 암이나 교통사고만큼이나 예측 불가능한 새로운 죽음의 방식을 발명해냈다고 생각하면 돼요."

---

69 이슬람 국가 선전 영상에 종종 사용되는 음악.

70 런던 출신의 랩 가수.

71 프랑스의 국가國歌.

나와 대화를 나누면 사람들은 빨리, 아주 빨리 의기소침해진다.

"저기요, 난 그냥 도움이 필요해서 모시러 왔어요. 그 자식들이 도통 프랑스어로 말을 하려 하질 않네요. 아무것도 못 알아듣는 척하고요. 5분만 시간을 내서 그놈들 권리를 통역해주시면 바로 치안본부로 보내버리려고요."

"좋아요, 5분만. 하지만 계산할 땐 한 시간으로 쳐줘야 해요. 목록 작성한 시간에 더해서."

"그러죠."

나는 노인들을 턴 두 이슬람주의자 강도 중 하나의 옆에 가서 앉았다. 내가 지명된 통번역사로서 조서에 서명하는 동안, 줄곧 웅크리고 있던 피의자가 옆에 선 무장 경찰이 방심한 틈을 타 벌떡 일어나더니 권총을 빼앗고는 그를 향해 발사했다. 총알이 빗나가자 그는 권총을 자기 머리에 대고 방아쇠를 당겼고, 그의 뇌수가 나에게 튀었다.

순식간에 벌어진 일이었다.

마치 시간이 멈춰버린 듯 내게는 아주 길게 느껴진 침묵의 순간이 이어졌다. 이윽고 히스테릭한 비명과 울음소리가 울려 퍼졌고, 모든 층에서 달려온 형사들의 발레가 시작되었다.

마지막으로 시청에서 급파된 심리 상담사들이 메뚜기 떼처럼 사무실 안으로 들이닥쳤다.

나는 방 한구석으로 밀려나 의자에 앉아 있었다. 아프리카에서 돌아온 뒤로 얼굴 한 번 보지 못한 필리프와 레스토랑에서 저녁 식사를 할 때 입으려고 구입한 크레이프 블라우스 어깨에는 피로 물든 회색 물질의 작은 조각들이 들러붙어 있었다……. 누구도 내게 물 한 잔 갖다주지 않았고, 나는 결국 혼자 집으로 돌아왔다.

나는 거래를 하러 가기 위해 좀비처럼 느리고 뻣뻣한 동작으로 레인코트를 걸치고, 안경을 쓰고, 나의 다른 히잡을 둘렀다. 그리고 그 순간부터, 산책시킬 시간이 없어 ADN을 데려간 것을 비롯해 말도 안 되는 경솔한 짓거리를 연발했다.

나는 대마초 100킬로그램을 자동차 트렁크에 싣고 나와 거리 세 개를 지난 다음 주차했다. 거기서 택시를 부르려고 전화를 걸었는데 당장 오겠다는 택시가 한 대도 없었다. 할 수 없이 길에서 택시를 잡으려 했지만 동물은 안 태운다거나 짐이 너무 많다며 족족 거부를 당했고, 그렇게 30분이나 서성인 끝에 내 어마어마한 짐과 개를 싣고 타티까지 가주겠다는 친절한 중국인 기사를 만날 수 있었다. 시간에 쫓겨 사전 탐지 작업을 할 수 없었는데, 그야말로 무모한 짓이었다. 17시 5분, 택시 기사가 지상 전철 건너편 로슈슈아르 대로에 차를 세웠다. 가는 도중에 오전에 일어난 사건을 구실로 저녁 약속을 취소하기 위해 필리프에게 전화를 걸었지만 자동 응답기가 켜져 있길래 그냥 메시지만 남겼다. 나는 투덜거리는 택시 기사에게 돈을 얹어줄 테니 개를 데리고 좀 기다려달라고 부탁했다. 그러곤 늘 그랬듯 건너편 타티에서 기다리는 조카들을 만나기 위해 전철 앞 광장과 로슈슈아르 대로를 뛰어서 건너갔다.

17시 12분, 타티의 신부 드레스 매장을 향해 전속력으로 뛰어 올라가는데, 필리프가 부하 둘을 데리고 쏜살같이 나를 스쳐 지나갔다. 우리는 심지어 살짝 부딪치기까지 했다.

나는 즉시 택시 쪽으로 발길을 돌리며 스카치에게 전화를 걸었다.

"어디야?"

"늦을 것 같아요. 로슈슈아르 대로에 차가 막혀서 꼼짝 못하고 있어요."

"사방에 경찰이 깔렸어. 대로 위쪽 광장에서 기다릴게. 친구들은 두고 돈만 들고 뛰어서 올라와. 친구들한테는 전철 앞 광장을 돌아 건너편에 차를 대고 물건을 실으라고 해."

택시로 돌아오자, 중국인 기사가 ADN의 털이 빠져 차 안에 풀풀 날린다며 싫은 표정을 지었다. 말다툼이나 하고 있을 때가 아니어서, 나는 ADN을 택시에서 내려 데리고 갔다. 개를 끌고 가는 여자. 어느 감시 카메라에 찍혀도 눈에 띌 테지만 어쩔 수가 없었다. 길을 거슬러 올라가 광장으로 향하는데, 허겁지겁 달려오는 스카치의 모습이 보였다. 내 돈이 들어 있으리라 추정되는 가방, 어깨에 비스듬히 메는 커다란 모노그램 가방이 그의 배 위에서 요동쳤다. '추정되는'이라고 말한 건, 내가 그 가방에 아무것도 들어 있지 않다고 확신했기 때문이다. 가방이 지폐로 가득 차 있었다면, 마약과 지폐 탐지 훈련을 받은 ADN이 아파트에 커다란 지폐 뭉치들이 널려 있을 때와 마찬가지로 마구 짖어댔을 테니까.

확인해보지는 않았지만, 나는 그 가방에 내 돈 35만 유로가 들어 있지 않다는 걸 절대적으로 확신했다.

"당신이 형사들을 끌고 왔군."

"형사는 무슨, 난 아무도 끌고 오지 않았어. 자, 저쪽으로 갑시다."

"아무 데도 안 가!"

난 꼼짝 않고 그를 뚫어지게 노려보았다.

스카치가 주먹을 불끈 쥐고 나를 때리려는 자세를 취했다.

그러자 ADN이 즉시 송곳니를 드러내더니, 매우 놀라운 방식으로 으르렁대기 시작했다.

자동차가 마침내 대로 위쪽에 도착했다.

"여기서 그냥 접어야 할 것 같은데, 아냐?"

스카치는 잠시 망설이다가 불같이 화를 내며 친구 넷이 기다리는 차에 올라탔다. 그들은 로슈슈아르 대로를 다시 내려갔고, 천만다행하게도 나를 현장까지 태워다 준 택시와 마약을 연관 짓지 못한 채 그 앞을 그냥 지나쳤다.

몇 분 뒤 나는 그곳을 출발해 왔던 길을 정확하게 되돌아가, 내 대마초 100킬로그램을 지하 창고로 다시 날라다 놓아야 했다.

미처 취소하지 못했던 필리프의 방문은 뭐가 어떻게 돌아가는지 알 수 없는 오리무중 속에서 이뤄졌다. 저녁 8시, 내가 집에 들어서자마자 그가 우리의 재회를 축하하는 뜻으로 일종의 장미 나무 분재를 들고 들이닥쳤다. ADN이 내 크레이프 블라우스에 묻은 뇌수 자국에 코를 대고 킁킁거리기 시작했을 때에야 비로소 나는 아직 옷도 갈아입지 않았다는 사실을 깨달았다.

"제길, 블라우스가 못 쓰게 돼버렸네."

머리가 텅 빈 듯 멍했고, 귀에서는 윙윙 소리가 났다. 나는 장미 나무 분재를 들고 있는 필리프를 바라보았다. 그는 나와의 데이트를 위해 세일 상품 판매대에서 막 골라 샀을 법한 셔츠에 넥타이를 매고 있었다. 등에는 이미 풍뎅이 날개 모양으로 땀자국이 나 있을 터였다. 문득, 그가 정말 형사처럼 보였다.

"얘기하고 싶어?"

"무슨 얘기?"

나는 묻는 듯 그를 바라보았다.

"오늘 있었던 일 얘기……."

"아니, 왜?"

필리프는 아주 심각한 표정으로 고개를 끄덕였다. 상대방의 비합리적인 행동을 소화해내는 합리적인 사람처럼. 가엾은 사람, 아직도 충격이 가시지 않은 모양이군. 오전에 입은 정신적 외상을 말로 표현하길 거부하고 있어. 그는 이렇게 생각하고 있는 듯했다. 반면에 나는 오전에 일어난 사건에 대해, 어떤 일에 관해서건 늘 하는 방식대로 끔찍한 참사의 정신적 목록에 자리를 정해줌으로써(예를 들면 보카사[72]의 노루 사

---

72 중앙아프리카공화국의 독재자. '사유지'와 인접한 사냥터에서 사냥을 하다가 낭패를 본 아프리카 독재자로 묘사된 이가 바로 그다.

건 옆에) 아주 단순하게 대처했다.

"당신이 전화했을 때 받을 수 없었던 내가 정말 원망스러워. 작전 중이었거든."

내가 넋 나간 표정으로 침묵을 지키자, 무언가 이야기할 거리를 찾으려고 열심히 머리를 짜내던 그는 결국 실패로 끝나버린 잠복 수사에 대해 말하기 시작했다. 그가 타티에 도착해보니, 어디서 솟아났는지 모를 모로코인 셋이 드레스들을 만지작거리며 스카치와 다론을 기다리고 있었다.

"상상해봐, 신부 드레스를 입고 피팅 룸에서 나오는 친구를 보고 여자들이 꺅꺅 소리를 질러대는 결혼 용품 매장에 아랍 악당 셋, 형사 셋 해서 여섯 명이 모인 거야. 정말이지 초현실적인 광경이었다니까. 그렇게 주변을 어슬렁거리면서 서로를 재고 있었으니 말이야. 어쨌거나 거래 현장을 덮치는 건 이미 물 건너간 것 같아서 그 자식들 신분증을 조사했지. 그런데 아프리카에서 건너온 세 모로코인의 여권에 아무 문제가 없는 거야. 자기들은 신부 드레스를 고르러 왔다더군. 신부 드레스 좋아하네! 난 그들이 쓰레기 같은 카림 무프티…… 아 글쎄, 이놈은 대체 어떻게 구했는지 요즘 최상급 모로코 대마초를 팔고 있는데, 파리 전체가 사려고 난리도 아냐. 아무튼 난 그들이 카림 무프티 그놈하고, 그 대마초를 내가 모르는 방식으로 수입했거나 내가 모르는 누군가에게서 슬쩍한 그 다론이라는 자를 기다리고 있었다고 확신해. 매장 지층에 설치된 감시 카메라 영상을 돌려봤는데, 잠재적인 다론들이 워낙 많아서 그녀가 약속 장소에 왔는지 안 왔는지도 확인할 수 없더군. 이 사건은 이제 넌더리가 나. 일단 판사에게 그 포르쉐 카이엔에 감시를 붙이게 해달라고 요청해둔 상태야. 그놈 집 앞에 진을 치고 있다가 다음번 거래 때 모조리 잡아들여야지."

그때까지는 필리프가 드물게 다론을 언급해도 마치 다른 사람 얘기를 하는 듯한 느낌이었고, 동시에 내가 사이코패스의 임상적인 묘사와 완벽하게 합치한다는 점을 의식하곤 했다. 도덕적으로 완전히 차단된 상태에서 행동할 수 있는, 효율적이며 감정이 없는 거짓말 기계. 하지만 그날 저녁은 달랐다. 그가 실패로 끝난 체포 작전 얘기를 하면 할수록, 그가 내 아파트에서 점점 더 큰 자리를 차지한다는 느낌이 들었다. 점점 커지며 적대적으로 변하게 될 무언가처럼. 그런데 그것이 필리프한테도 느껴졌던 모양이었다. 뭔지 모르게 불안했는지 그는 두 손으로 내 얼굴을 감싸고 키스를 하기 시작했다. 나도 그의 키스에 응하기 위해 필사적으로 노력했지만, 몸이 너무 무거워 꼼짝도 할 수가 없었다.

그가 내 목덜미를 어루만지고는 날 힘차게 껴안았다.

"당신이 그리웠어. 당신 몸이 그리웠어……. 한 달…… 우리가 못 본 지 한 달도 더 됐잖아……."

그가 내 블라우스를 벗기는 동안 나는 시폰 인형처럼 그가 하는 대로 내버려두었다. 그의 얼굴이 시뻘겋게 달아올랐고, 내 귓가에 헐떡이는 소리가 들렸다. 그러다 문득 무기력하게 서 있는 나를 보더니 그가 생각을 바꿨다.

"아무래도 내가 이러면 안 될 것 같아. 그런 끔찍한 일을 겪었으니 당신도 좀 쉬어야 할 텐데 말이야. 내가 때를 정말 잘못 골랐어."

그가 날 침대에 눕혔고, 나는 곧바로 잠이 들었다.

새벽 2시쯤 깨어나보니, 침대맡 탁자에 노란 장미 분재가 놓여 있었다. 다시 잠들어보려 했지만 그 식물에 계속 신경이 쓰였다. 나는 벌떡 일어나 그것을 아파트 건물 쓰레기 통로로 밀어 넣어버렸다.

그렇게 나는 몹시 뒤숭숭한 상태로 10월을 맞았다.

적어도 에올리아드만큼은 풍랑 없이 평온했다. 엄마는 불쌍한 앙타를 밤낮없이 괴롭혀댔다. 그녀에게 떠넘긴 일상적인 수고가 미안해서 나는 간병비를 아주 후하게 쳐주었다. 바깥은 가을이었다. 공상과학영화에 나오는 가혹한 환경의 혹성처럼 매일 비가 내렸고, 텔레비전 뉴스는 폭탄 테러로 심각한 부상을 입을 경우 지혈 방법을 안내하는 르포를 방송했다. 내 마약상 활동에 대해 말하자면, 나는 스카치가 날 물 먹이려 했다는 것을 인정하고 사과할 때까지 계속 뺑뺑이를 돌렸다.

나는 매일 아침 왓츠앱으로 그에게 연락을 취했다. 기지국을 통한 전화는 이제 끝이었다. 번역을 하면서 여기저기 단어 하나씩 교묘하게 바꾸는 것은 일도 아니었지만, 번역문을 읽는 사람이 다론이 오지 않았다고 생각하게끔 타티 앞에서 이뤄진 대화 자체를 교묘히 변조하기 위해서는 머리를 쥐어뜯어야 했기 때문이었다.

그는 매번 연락을 받았고, 고객들이 달달 볶아대서 못 살겠다고, 그게 다 나 때문이라고 프랑스어와 아랍어를 마구 섞어가며 고래고래 소리를 질러댔다. 하지만 그가 잘못을 인정하고 사과하길 거부했기 때문에 나는 늘 단박에 앱을 종료해버렸다.

그는 무려 여드레를 버텼다!

"나 지금 앙리 바르뷔스 대로에 있는데, 당신 집 앞에 주차된 녹색 르노에 형사들이 타고 있어. 당신이 움직이면 그들도 따라 움직일 거야……."

"우리 집을 당신이 어떻게 알아요?"

"멍청한 질문으로 날 정말 피곤하게 하는군……. 당신 우편함에 프랑스어로 된 계획을 넣어뒀으니까 토씨 하나 빼먹지 말고 따라. 미리 말해두는데, 이번에는 아주 작은 세부 사항 하나만 어긋나도 영원히 끝이야. 내 말 이해했어?"

나는 그에게 아랍어로 말했다. 마치 정신장애가 있는 사람에게 하듯이 단어를 또박또박 끊어 말했지만, 그가 모든 것을 제대로 이해했는지 확신할 수가 없었다.

"예, 부인."

"반복해봐."

"종이를 읽고, 종이에 쓰인 대로 정확하게 하지 않으면 끝이다……."

"영원히 끝이다. 반복해봐."

"영원히 끝이다."

"됐어."

딜러들이 주기적으로 미행을 당했기 때문에 대량 거래는 이미 불가능했다. 나는 차를 바꿔 타며 술래잡기를 하는 대신, 경찰이 미행을 하면서도 아무것도 눈치채지 못하도록 딜러들의 일상생활 속에서 거래할 방법을 생각해냈다.

따라서 다론의 계획은 두 축을 중심으로 돌아갔다. '장 보는 엄마 돕기'와 '수영장에서 살 빼기'.

무프티 가족이 가장 손님이 많은 오후 6시경 대형마트에 갈 계획을 세우면, 다론이 움직일 수 있도록 스카치가 한 시간 전, 그러니까 5시에 그녀에게 전화를 걸고 벨이 울리는 즉시 끊었다. 만약 움직일 수 없는 경우, 그녀는 왓츠앱으로 "노"라고 전송했다.

그녀는 베일을 쓴 여자들이 가장 많은 드랑시, 봉디 혹은 로맹빌의 대형 마트로 가서 채소로 덮어 감춘 대마초 10킬로그램이 든 푸른색 가방을 보관함에 넣고 비닐로 코팅된 번호표를 챙겼다. 그녀가 카트를 밀며 여기저기 둘러보는 동안, 스카치 혹은 그의 동생은 샤모니 오랑주[73] 상자 하나를 집으면서 가장 아래 있는 상자 밑에 4만 유로가 든 봉투(그에게 벌을 주는 의미에서 나는 대마초 가격을 킬로그램당 4,000유로로 올렸다. "이것 봐, 무프티 씨, 킬로그램당 3.5로 해주자마자 날 물 먹이더군. 메시지 잘

---

73 오렌지 젤리로 속을 채운 동그란 과자.

접수했어. 가격이 너무 낮다는 거지……")와 역시 채소가 든 같은 색
깔의 가방을 넣어둔 보관함의 번호표를 밀어 넣었다.

왜 하필이면 샤모니냐고? 1980년 이후에 태어난 사람은
아무도 그 요상한 모양에 어마어마하게 달기만 한 과자를 먹
지 않으니까. 게다가 과자 상자 바닥이 돈 봉투 크기와 딱 맞
으니까.

그러면 다론은 돈 봉투, 가짜 가방이 있는 보관함 번호표,
그리고 과자 상자(나는 샤모니 오랑주를 무척 좋아한다) 하나를 집
어 들어 액수를 확인한 다음 대마초가 들어 있는 보관함의
번호표를 그 자리에 대신 밀어 넣었다. 그녀가 아무 일도 없
었다는 듯 차분하게 계속 장을 본 뒤 계산대로 가 값을 치
르고 보관함에서 채소가 든 푸른색 가방을 꺼내는 동안, 무
프티 형제 중 하나는 샤모니 오랑주 코너로 되돌아가 과자
를 한 상자 더, 동시에 대마초가 든 보관함 번호표와 그 코너
에 있는 다른 상품을 아무거나 하나 집어 카트에 던져 넣었
다(수많은 감시 카메라에 각본대로 움직이는 것처럼 찍힐 수 있으니 이 점
을 특히 유의하라고 수차례 강조해둔 터였다). 그런 다음 그는 계산대
로 가서 과자 상자들과 함께 엄마가 장 본 것을 계산하고, 보
관함에서 대마초가 들어 있는 첫 번째 푸른색 가방을 꺼내
갔다.

이 외에도, 무프티 가족은 일주일에 두 번 파리 19구에 있는 조르주-에르망 수영장에 다니기 시작했다.

비밀번호가 2402번인 120번 사물함(사물함을 이용하는 사람들의 눈높이에서 가장 멀리 있는 탓에 늘 비어 있는)에서 이번에는 대마초 15킬로그램이 든 스포츠 가방이 돈 봉투와 빈 스포츠 가방을 들고 올 미래의 주인을 기다리고 있었다. 탈의실에는 감시 카메라가 없기 때문에 다론은 수영 모자와 물안경을 쓴 채 익명으로 수영을 즐겼고, 수영장 레인들 아래서 꽁꽁 얼어붙은 흉물스러운 바다표범 두 마리, 스카치와 그의 동생을 만났다. 때는 우라지게 추운 겨울이었고, 나는 차가운 물을 아주 좋아하지만 그들은 아니었다. 덜덜 떠는 꼬락서니가 정말 웃겼다.

결과. 대형 마트: 10월 3회, 11월 7회, 12월 7회, 1월 4회 배달. 수영장: 10월 2회, 11월 8회, 12월 8회, 1월 4회 배달.

두 번째 배달까지 일이 워낙 순조롭게 진행되었기 때문에 나는 가격을 다시 킬로그램당 3,500유로로 내려주었다.

총 540킬로그램. 하지만 고역. 정말이지 고역도 그런 고역이 없었다! 나야 포장과 배달만 하면 됐지만, 그들은 대마초를 썰고, 무게를 달고, 검사하고, 팔고, 돈을 회수하고, 판로를 찾고, 고액권으로 바꾸고, 세탁을 해야 했다. 그들은 막 무덤에서 파낸 사람들처럼 변해갔고, 실제로 몸무게가 많이 줄었다. 딜러를 게으름뱅이 취급하는 법관들은 마약 장사에 들어가는 어마어마한 노동에 대해 정말 아무것도 이해하지 못하는 셈이다.

그러는 동안 필리프는 아마 머리를 쥐어뜯었을 것이다. 내가 번역해야 했던 얼마 안 되는 도청 자료의 내용은 시장에 매주 50킬로그램씩 풀리는 흔하디흔한 마약 거래라는 인상을 줄 뿐이었다. 필리프가 스카치와 그 수하들(밀매에 필요한 인력을 고려할 때 그 수가 점점 많아지는)을 체포해 심문하기로 결단을 내리지 못하는 것은 그가 여전히 다론의 뒤를 쫓고 있다는 뜻이었고, 그것이 그를 미치게 했다. 미행을 붙인 형사들의 보고서를 아무리 분석해봐도, 스카치 패거리가 드나드는 곳의 감시 카메라 영상을 아무리 돌려봐도, 나오는 건 아무것도 없었으니까.

그러다 1월 중순에 이상한 사건들이 연이어 발생했다.

1월 10일, 나는 스카치 패거리와 수영장에서 거래를 한 뒤(열흘 뒤인 1월 20일 스카치 패거리가 모조리 체포되었기 때문에 그 날짜를 아주 또렷하게 기억하고 있다), 1월 치 종신연금을 주기 위해 딸 레제르와 BHV[74] 앞에서 만났다. 우리는 함께 커피를 마시며 요양 병원 원장에 대해 수다를 떨었다. 나는 봉투에서 2만 유로를 꺼내 그녀에게 건넨 뒤, 남은 3만 2,500유로를 들고 25년 만에 처음으로 예약한 네일 숍으로 들어갔다.

즐거운 마음으로 기다려온 시간이었다. 연분홍색으로 바를까? 아니면 푸른 바다색? 그것도 아니면 아니스 녹색? 일주일 전부터 이 질문들이 머릿속에서 즐겁게 맴돌았다.

매니큐어 냄새 때문이었을까? 아니면 수영을 해서 피곤했던 걸까? 나는 네일 숍 의자에서 정신을 잃고 쓰러지는 바람에 머리가 깨지고 말았다.

구급대원들이 얼굴이 피투성이가 된 나를 파리 시립 병원으로 옮기고 신분증을 확인할 생각으로 가방을 뒤지다가 거액의 현금이 든 봉투를 발견했다. 내가 정신을 차리자 인턴은 와서 소지품을 챙겨줄 가까운 누군가가 있느냐고 물었다. 심장 상태가 그리 좋지 않으니 전문의가 와서 살펴볼 때까지 병원에 있어야 한다는 얘기였다.

'가까운 누군가'라는 말을 듣자마자, 나는 정신없이 가슴팍

---

74 공산품을 주로 파는 대형 마트.

에 붙어 있던 모든 것을 떼어버리고 완전히 공황 상태에 빠진 채 속바지 차림으로 벌떡 일어났다.

"나 아주 말짱해요. 그러니까 내 소지품 돌려줘요!"

"그냥 가시게 둘 수는 없어요."

"됐다니까요! 당신은 그냥 가겠다는 내 선택의 결과에 대해 고지할 의무가 있겠죠. 자, 나 다 알아들었어요. 완벽하게 알아들었다고요. 이제 서명해야 할 서류들 주고, 내 소지품 돌려줘요."

인턴은 극히 의심스럽다는 표정으로 나를 바라보면서 한 손으로는 내 가방을, 다른 손으로는 내 돈 봉투를 내밀었다.

"아, 그래……. 현금 3만 2,500유로가 든 봉투를 발견했다 이거죠……. 참 잘했군요! 뭔가 해명을 원하는 것 같은데, 딱히 당신에게 해명해야 할 게 없네요……. 어서, 그거 이리 내놔요!" 나는 그녀의 손에서 봉투를 빼앗았다.

그러곤 내가 할 수 있는 가장 당당한 태도로 병원을 걸어 나와, 택시를 타고 집으로 돌아왔다.

'그러니까 나 역시 고장 나 멈춰버리는 심장을 가졌단 말이지.' 집에 들어서면서 나는 생각했다. 하지만 다른 중요한 일들이 널려 있었기에, 그 정보는 그저 있는 그대로, 다시 말해 미래와 관련한 하나의 지표로만 받아들이기로 했다. 그뿐이었다.

기억을 더듬어 아득한 과거로 거슬러 올라가다 보면 나는 늘 심장 때문에 피를 뽑는 아버지와 마주치곤 했다. 이따금 씩 그는 숨을 헐떡이며 벤치에 앉아 있었다. 한 방울, 두 방울…… 그러면 영차, 그는 건전지를 갈아 끼운 듀라셀 토끼처럼 다시 쌩쌩해졌다. 그런데 60대에 들어서자 피를 뽑는 처방이 더는 효과를 보이지 않았고, 의사가 심장 기능 조절장치 시술을 권했지만 아버지는 거절했다.

몽파르나스 대로의 라 쿠폴 식당에서 해산물이 가득 담긴 쟁반을 앞에 둔 채 굴을 게걸스럽게 삼키며, 아버지는 삶에서 물러나기로 마음먹었다고 우리에게 선언했다. 마치 사업에서 은퇴하겠다는 듯한 말투였다. 이미 몽디알을 해체하고 유동자산을 전 직원에게 나눠주기 시작한 터였다. 같은 식으로, 아버지는 엄마의 경제적 안정을 보장하기 위해 남아프리카산 영양이 새겨진 크루거랜드[75], 개당 1,000유로 이상을 호가하는 1온스짜리 금화들을 금고에 쌓아두었다. 나한테는 무얼 남겼냐고? 그날 저녁 그는 어마어마한 통찰력을 발휘해…… 삶이 이미 내게 훌륭한 남편을 붙여주었으니 내겐 아

---

75 남아프리카 공화국에서 발행하는 금화. 보통의 화폐와 달리 액면가 없이 금의 함유량에 따라 분류한다.

무엇도 필요하지 않다고 선언했다.

아트로핀.[76]

그러고 보니 1년 전부터 도중에 멈춰 서서 숨을 가다듬지 않고는 계단을 오르기가 무척 힘들다는 사실을 뒤늦게 깨달았다. '컴퓨터 모니터 앞에 앉아 매일매일을 보내는데 계단은 잘 올라서 뭐 하게.' 나는 그저 이렇게 생각하고 말았다.

그러다가 대마초 가방들을 이리저리 옮기기 시작한 순간부터 너무 느리게 뛰는 내 심장이 문제가 되었다. 심장병 전문의의 진단은 내가 이미 알고 있는 사실을 확인해준 셈이었다.

"더 이상 일을 할 힘도 재밌게 놀 힘도 없으면, 가방을 싸는 게 나아." 그날 저녁, 아버지는 우리에게 이렇게 말했다.

하지만 식인귀의 식욕으로 굴을 삼켜대는 그를 보고도 당시 그가 이미 자신의 죽음을 계획하고 있었다는 사실을 믿을 사람은 아무도 없을 것이다. 사실, 그는 이미 15년 전부터 그 계획을 마음에 두고 있었다. 구체적으로는 마르틴 사건 이후

---

76 유독성 알칼로이드. 부교감신경 차단, 경련 완화 등에 쓰인다.

로. 바로 그 순간부터 그는 삶에 흥미를 잃어가기 시작했다.

마르틴은 군인의 딸로, 녹색 눈을 가진 금발의 젊은 여자였다. 미용실 수습생으로 일하던 그녀는 불행하게도 1969년 8월 열일곱의 나이에 방돌 카지노 화장실에서 마약 과다 복용으로 사망했다. 그녀의 사망은 드골파 의원 알랭 페레피트가 주도한 히스테릭한 캠페인으로 이어졌다. 그는 세상의 모든 악, 포르노, 호모, 미니스커트, 젊은이들의 타락, 전반적인 풍속의 퇴폐……. 간단히 말해 1968년 5월 혁명이 몰고 온 아수라장의 모든 책임이 대마초, LSD, 헤로인의 소비에 있다고 외쳤다. 이 우파의 여론 몰이는 당시 '프렌치 커넥션'이 미국 헤로인의 90퍼센트를 공급하고 있었다는 점에서 그때껏 아무에게도 문제가 되지 않았던 마약의 수입과 판매를 형사재판에 회부하는 법을 가결시켰고, 그렇게 몽디알은 가장 수입이 짭짤한 사업 분야를 잃고 말았다.

아버지의 사기를 떨어뜨린 두 번째 큰 타격은 1974년 지부티공화국의 독립이었다. 식민지 시대의 튀니지를 떠올리게 해주는 그 프랑스령 속국에 그는 사무실을 차려놓고 짬이 날 때마다 들락거렸다. 지금도 그렇지만 프랑스가 직접 통치하던 당시에도, 지부티는 온갖 타락한 자들과 군인들이 찾는 매음굴, 돈세탁 은행, 아프리카행 무기들이 잔뜩 실린 컨테이너

암거래, 페르시아만으로 보내지는 알코올과 코카인의 온상이었다. 그곳에서 주로 설치고 다니는 코르시카인, 알제리 출신의 이탈리아인, 레바논인들은 모두 아버지와 알고 지내던 사이였고, 아버지는 그들 사이에서 온전히 자기 자리를 찾은 듯한 안정감을 느꼈다. 그는 거기서 많은 돈을 벌었던 만큼, 독립과 함께 많은 돈을 잃었다. 어느 일요일, 나는 격분한 아버지가 씩씩대며 '사유지' 마당 한구석에 구덩이를 파고 지부티 프랑화가 가득 든 가방들을 던져 태우는 모습을 보았다.

자기 땅을 재차 잃는 것은 감당하기 어려운 일이었다. 그 후로 그는 더 이상 예전 같지 않았다. 게다가 고속도로의 속도제한으로 시속 260킬로미터를 밟아야 성이 차는 그의 포르쉐도 무용지물이 되어버렸다. 결국 그는 영업 사원이나 타는 초라한 회색 승용차를 살 수밖에 없었다. 아버지는 그 차를 쳐다보는 것만으로도 슬퍼했고, 엄마는 차에 탈 때마다 경멸스럽다는 듯 입을 삐죽 내밀었다……. 그러다가 1981년에 좌파가 권력을 잡았다. 부유세, 주 39시간 노동, 60세 은퇴……. 아버지 같은 포식자, 함부로 끼어들었다며 20센티미터쯤 열린 차창 너머 운전자의 멱살을 잡고 박치기로 작살을 내버리는 종류의 인간에게서 약자를 지키고자 하는 보호적 공공질서의 도래였다.

적응이냐, 죽음이냐……. 그는 강의나 하던 교수들이 다스리는 나라에서 사느니 모든 걸 끝내버리는 쪽을 택했다.

1986년의 그날, 아버지는 라 쿠폴 식당에서 우리에게 작별 인사를 한 뒤 지부티로 떠났다. 홍해, 나무 요트, 젊었을 적 친구인 앙리 드 몽프레의 책들을 사랑했던 그는 그곳에서 닻줄을 풀었다. 두 달 후 그는 배 갑판에 앉아 태양을 올려다보는 자세로 죽은 채 발견되었다.

그는 자살하지 않았다. 그는 자신의 취향대로, 자신의 리듬대로 자신이 죽어가도록 내버려두었다. 우리는 이해했고, 눈물을 흘리지 않았다.

그리고 내게 일어난 두 번째 사건……. 난 아직도 놀라 벌어진 입을 다물 수가 없다……. 대반전……. 내가 긴긴 세월 동안 헛되이 기다렸던 게 이런 게 아니었나 싶을 정도의 대반전.

그 일은 에올리아드에서 일어났다.

요양 병원 측에서 레제르 씨를 엄마와 같은 층에 배치한 이후로, 그는 아내가 자기 방문 앞을 지나갈 때마다 작은 비명을 지르며 그녀를 불러댔다. 엄마 라마를 부르는 아기 라마가 연상되는, 극도로 거슬리는 소리였다. 뭔가를 묻는 듯한 약한 음음음음 소리. 끔찍했다!

레제르 부인은 가끔 그의 방문 앞에 멈춰 서서 멍한 표정으로 그를 쳐다보았다. 하지만 불쌍한 레제르 씨가 추억의 짙은 안개 속에서 아무리 크게 신호를 보내도 소용없었다. 그것은 부인에게 아무것도 일깨워주지 않았고, 그녀는 자기가 왜 거기 멈춰 섰는지 잊은 채 보행기를 밀며 끊임없이 같은 층을 도는 자신만의 경주를 다시 시작했다. 그렇게 레제르 부인이 한 바퀴 돌 때마다 그는 흐느끼고 또 흐느꼈다. 이미 여러 차례 레제르 남매에게 두 분을 같은 층에 모시는 건 좋은 생각이 아니라고 말해봤지만, 그들은 면회를 할 때 계단을 오르내리지 않아도 되어서 훨씬 편하다고, 또 엄마를 보는 것이 아버지의 건강에 이로울 거라고 말했다.

1월 20일 저녁 8시경, 간호조무사들이 환자들을 침대에 눕히느라 한창 바쁜 시간, 레제르 씨의 방에서 예사롭지 않은 소리가 들려왔다. 곧 예의 음음음음 소리가 이어졌는데, 이번에는 노래를 부르듯이 연속적으로 들려왔다.

그날 아침 로맹빌 모노프리[77]의 샤모니 오랑주 상자 밑에 돈 봉투가 없었고, 내 대마초가 사물함에 그대로 남아 있었기에 심사가 뒤숭숭했던 나는 그 소리에 크게 주의를 기울이

---

77 마트 이름.

지 않았다. 게다가 엄마가 그날 저녁 유난히 성가시게 굴기도 했다. 얼음처럼 차가운 코카콜라 라이트를 달라고, 대충차가운 건 싫다고 거부하더니 음료를 일부러 바닥에 쏟아버렸다. 나는 바닥을 닦고, 자동판매기에서 새 캔을 뽑아 오려고 방을 나섰다. 다른 생각에 빠져 레제르 씨 방 앞은 그냥 지나쳐버렸다. 그가 왜 20분 전부터 쉬지 않고 노래를 흥얼거리는지 확인하려고 방 안쪽을 들여다볼 생각도 하지 않았다. 그렇게 캔을 뽑아 돌아오는데, 한 간호조무사가 도와달라고 소리를 지르기 시작했다. 레제르 씨가 아내를 품에 안은 채 성한 팔뚝으로 그녀의 목을 조르고 있었다. 간호조무사가 팔을 풀어내려 안간힘을 썼지만, 그가 아내의 목을 워낙 단단하게 조른 터라 어림도 없었다. 내가 방 안으로 달려 들어가 도와주려 했을 때 레제르 부인은 이미 사망한 뒤였다.

나는 엄마를 돌보며 내가 '노인의 지옥' 경계에 도달했다고 생각했었다. '그런데 그게 아니었어.' 노래를 흥얼거리는 늙은 살인자를 바라보며 나는 생각했다.

"Ikh vil ein coca(어서 코카콜라 가져와)." 옆방에서 고함 소리가 들려왔다. 엄마는 여전히 거기에 있었다!

세 번째 사건은 내 층계참에서 일어났다.

마찬가지로 1월이었던 지난 토요일, 나랑 같은 층 이웃이 중국 결혼식에서 늘 그러듯 돈을 물 쓰듯 써가며 스무 살 먹은 딸을 결혼시켰다. 아파트 건물 아래 주차된 흰색 리무진이며 아파트 로비와 층계참을 화려하게 장식한 꽃들이 마피아의 대부를 연상시켰다…… 문을 활짝 열어놓은 채 손님맞이를 하는 호 부인에게 충성을 맹세하고 두둑한 돈 봉투를 전달하느라 하객들이 몇 시간 전부터 층계를 오르내리고 있었다.

그러던 중 갑자기 비명이 들려왔다. 문구멍을 통해 보니, 무척이나 빠르고 폭력적인 흑인 네 명이 줄을 선 몇몇 하객을 덮치고 주먹질을 해가며 가방을 빼앗고 있었다. 그들은 노인과 여자들에게 서슴없이 주먹을 휘둘러가며 호 부인의 아파트 현관까지 나아갔다. 마침내 그들 중 셋이 그녀의 돈을 모조리 강탈하기 위해 아파트 안으로 뛰어들었고, 나머지 하나는 내 집 문을 등지고 선 채 망을 보았다. 나는 반사적으로 매그넘을 들고 나가 문 앞에 서 있는 흑인의 턱 아래에 갖다 댔다. 열다섯 살이나 됐을까 싶은 꼬마가 겁에 질린 눈으로 날 뚫어지게 쳐다보았다. 움직임이 순식간에 정지되었다. 사방에서 중국어로 뭐라고 외치는 소리가 들려왔다. 무슨 말인지 알아듣지는 못했지만, 그들 모두 내가 방아쇠를 당기기를 원한다는 것을 알 수 있었다.

"가방 돌려주고, 저 사람들이 문 닫기 전에 썩 꺼져. 안 그러면 살아서 나가지 못할 테니까."

그들은 부리나케 도망갔다.

나는 나뭇잎처럼 온몸을 떨고 있었지만, 호 부인은 아니었다. 그녀는 옷매무새를 가다듬더니 내게 간단하게 고마움을 표했다.

"처음 아냐. 아무도 중국인 안 좋아해. 경찰 우리 절대 안 도와줘. 고맙다."

그러고는 자기 아파트로 들어갔다.

약간은 알쏭달쏭한 중국 속담을 인용하면서. "말로 밥을 지을 수는 없지."

가엾은 레제르 씨는 고의에 의한 살해 혐의로 피소되었다. 사랑하는 부인이 노쇠해가는 기간을 힘닿는 대로 줄여줬다는 이유로 사법부의 통제하에 놓인 것이다(정말 우스꽝스럽기 짝이 없는 짓거리라는 걸 이 나라는 왜 모를까?).

그가 음식 섭취를 거부했기 때문에 사법부는 결국 그를 에올리아드에 내팽개쳤고, 수간호사 래치드의 판박이인 요양병원 원장은 그에게 강제로 음식을 먹이기 위해 관을 삽입하다가 식도에 구멍을 내 죽이고 말았다.

그리고 2월 중순, 몽주가 아파트의 부동산 등기증 사본이 우편함 속에서 날 기다리고 있었다. 그러니까 나는 6만 유로를 내고 70만 유로를 호가하는 부동산을 장만한 셈이었다.

봉투를 뜯어 이를 확인한 나는 긴 경주를 마친 양 숨이 막혀 아파트 로비 바닥에 털썩 주저앉았다. 나는 정신없이 일했고, 스위스를 들락거리면서 200만 유로가 넘는 돈을 분홍색 다이아몬드로 바꿨다. 나는 두 딸에게 물려줄 아파트 두 채의 주인이었다. 아버지의 부를 복구해냈으니, 이제 멈출 수 있었다.

돈만 보면 눈에 생기가 도는 딸 레제르는 연금 지급이 만료돼 유산을 한 푼도 못 받게 되었다는 사실을 깨닫자 나를 물고 늘어졌다. 나는 동생 레제르에게 전화를 걸어 그녀가 더는 나를 괴롭히지 못하게 해달라고 요구할 수밖에 없었다.

"나한테 전화를 걸어서 날 더러운 도둑년 취급하는 거, 누님한테 그만두라고 하세요."

"이미 여러 차례 말했는데 들으려 하질 않네요."

"보세요, 난 선량한 사람이에요. 경찰을 잘 아는 나로서는 당신이 이미 나에 대해 살짝 조사해봤으리라 확신해요…….

난 이걸 참아줄 이유가 없어요. 게다가 우리 엄마가 여전히 그곳에 있어요. 당신에게 맡길 테니 더는 그러지 못하게 해주세요. 안 그러면 나도 법에 호소할 수밖에 없어요.”

“알겠습니다, 알겠어요······. 제가 알아서 처리하죠.” 그가 한숨을 쉬며 말했다.

“나도 괴물은 아니에요. 처리해준다는 조건으로, 나도 뭔가를 해드릴 준비가 되어 있어요. 조카들 명의로 저축 계좌를 개설하세요. 학자금으로 각자 2만 유로씩 넣어드리죠. 자, 나도 그 이상은 할 수가 없어요.”

“그것만 해도 과분하죠. 부인은 참 좋은 분이십니다!”

그래그래, 나도 알아, 난 참 좋은 사람이야.

그리고······ 스카치, 모모, 레자르, 쇼카픽 일당, 그러니까 내 패거리가 모조리 체포되었다. 나는 그 사실을 투케[78]에서 아들과 함께 주말을 보내자며 날 초대한 필리프를 통해 알게 되었다. 나에게는 잘된 일이었다. 아닌 게 아니라, 모든 일이 나에게 유리하게 돌아갔다. 구름에 올라탄 듯 기분이 좋았다.

필리프와는 방을 따로 썼다. 우리는 그저 함께 저녁을 먹

---

78 파리 근교 해변에 위치한 소도시.

고, 호텔 수영장에서 수영을 했다. 거짓말 하나 보태지 않고, 이틀 동안 ADN과 함께 해변을 거닐고 가족을 가진 듯 행세하며, 나는 정말 행복했다.

장장 92년 동안 지구를 점령했던 엄마가 2017년 3월 28일 마침내 숨을 거두었다.

앙타가 자기 딴에는 잘한답시고 엄마의 더부룩한 회색 머리카락을 정성 들여 빗어 그녀의 얼굴을 에워싼 후광처럼 꾸몄다. 정말이지 우스꽝스러웠다. 침대를 둘러싼 채 서서 엄마를 지켜보던 나와 딸들은 어느 순간 웃음을 터뜨리고 말았다.

하지만 아이들이 슬퍼했다는 건 알고 있다. 둘 다 할머니를 무척 사랑했으니까. 내가 집에 잠시 들르지도 못하고 마흔여덟 시간 연속 근무를 해야 했던 시절, 엄마가 늘 자리를 지키면서 아이들을 돌봐주었다는 사실은 부인할 수 없다. 엄마는 휴가 때마다 아이들을 세상 반대편으로 데려가 내가 사주지 않은 온갖 옷들을 사주면서, 아버지가 남긴 돈의 일부를 밑단 장식이 달린 드레스의 소용돌이 속에서 탕진했다. 내가 물에 빠져 죽지 않기 위해 허우적대는 동안, 아이들은 어린 시절에 경험했던 즐거운 모든 것을 그녀와 함께했다. 엄마에게도 감정이 있었다고 가정한다면, 엄마는 내 아이들을 나보다 백배는 더 사랑했을 것이다. 언제나 외동딸이었던 나를 가리켜 삶이 주는 기쁨의 적이라고, 삶의 고달픔을 고스란히 보여주는 궁상덩어리라고 비난했으니까. "파티앙스와 그년의 불행은 전부 썩 꺼지라지, 궁상떠는 꼬라지를 보기만 해도 기분이 나빠져. 모든 게 근심덩어리라고……. 자, 우리는 세일하는 옷이나 사러 가자꾸나!" 정말이지 이기적이고 부당하기 짝이 없는 엄마였다.

우리 가족에겐 땅도 무덤도 없었기에, 엄마는 늘 자신이 죽으면 화장을 해서 재를 백화점에 뿌려달라고 말했다.

나와 두 딸은 엄마의 유지를 받들 장소로 갤러리 라파예트 백화점을 선택했다. 화장장에서 의식을 치른 뒤, 셋이서 유골함의 내용물을 나누었다. 나는 내 몫의 재를 엄마가 가장 좋아했던 디자이너들의 부티크에 뿌리는 일을 맡았다. 혹시 누군가 2017년 봄-여름 컬렉션으로 나온 디오르, 니나 리치, 발렌시아가 같은 브랜드의 정장 주머니 속에서 약간의 회색 먼지나 뭔지 알 수 없는 부스러기를 발견한다면, 그게 바로 내 엄마라는 걸 알아주시길. 그렇게 백화점을 돌아다니던 나는 둥근 유리 천장 아래, 향수 매장이 내려다보이는 난간에 나란히 선 채 나머지 유골을 몰래 뿌리는 두 딸의 모습을 보았다.

마지막으로 우리는 속옷 매장 한쪽에 자리한 빵집 앙젤리나로 가서 배가 터지도록 먹었다.

장례식을 그보다 더 '소녀스럽게' 치르기도 어려웠을 것이다. 이번만은 엄마도 만족했으리라.

나는 엄마의 죽음을 이용해 마치 상속을 받은 척 내 돈 일부를 세탁했다. 그리고 아파트를 사겠다는 콜레트 호의 제안을 받아들였다. 매그넘으로 그녀의 돈통을 지켜주었건만, 그녀는 단돈 1유로도 깎아주지 않았다. 대신, 이런 말로 날 그야말로 화들짝 놀라게 했다.

"다른 장소 찾을 때까지 마약 지하 창고에 놔둬도 된다."

나는 숨이 멎은 듯 꼼짝 않고 서 있었다.

"나를…… 나를 보지도 않는 줄 알았는데." 내가 더듬거리며 말했다.

그녀가 웃었다.

"이 건물에서 우리 당신 유령이라 부른다. 하지만 당신 전보다 덜 유령이다. 훨씬 덜 유령이다."

호 부인은 차나 마시자며 날 초대해 자신이 살아온 얘기를 약간 들려줬다. 그녀는 나보다 일곱 살 아래였고, 벨빌에 거주하는 많은 중국인이 그렇듯 상하이에서 400킬로미터 떨어진 인구 800만의 작은 항구도시 원저우에서 왔다. 내가 상상했던 것처럼 과부는 아니었다. 중국 어딘가에 그녀가 얼굴한번 제대로 보지 못하는 호 씨가 있었다. 그가 중국에서 짝퉁 자동차 부품을 만들어 보내주면, 그녀는 자동차 정비소를 돌아다니며 그것들을 팔아넘겼다. 엘리베이터에서 마주칠 때마다 그녀가 나처럼 아주 무거워 보이는 푸른색, 흰색, 붉은색의 바르베스 비닐 가방들을 들고 있었던 건 바로 그 때문이었다. 그녀의 가족은 붙임 머리를 생산하는 모발 공장도 소유하고 있어서, 그녀가 그것을 프랑스로 수입해 파리의 아프리카인들에게 팔면 아프리카인들은 자기들 나라로 가져가되팔았다. 이렇게 중국, 아프리카, 프랑스에서 악착같이 번돈은 모조리 거대한 돈세탁 기계, 바 겸 담배 가게 겸 장외마권 판매소인 PMU 면허와 부동산 취득에 재투자되었다.

"아, 그래, 당신들은 우리를 메테크,[79] 라스타쿠에르,[80] 이방인이라 부르지……. 정신 똑바로 차려, 이 양반들아. 우리가

---

[79] 프랑스 거류 외국인.

[80] 호사를 부리고 다니는 수상쩍은 외국인.

당신들 모두를 깔아뭉개버릴 테니까!"

그녀는 열두 살 때 중국을 떠나 그때 이미 우리 아파트에 살고 있던 먼 삼촌에게로 왔다. 그녀에겐 아이가 둘 있었다. 중국에서 태어나 엄마 얼굴도 모르고 자란, 지금은 스무 살 쯤 됐을 딸, 그리고 그녀의 배 속에서 그녀와 함께 이주해 와 프랑스에서 태어난 열두 살배기 딸. 프랑스로 귀화한 순간부터 그녀는 조카와 노인들을 포함해 온 가족을 하나씩 프랑스로 건너오게 했다. 자신의 프랑스 이름을 콜레트로 정한 것은 원저우에서 1년 동안 프랑스어를 공부하며 읽었던 유일한 프랑스 여성 작가가 콜레트였기 때문이었다.

호 부인은 의외로 아주 괜찮은 사람이었다. 이사를 앞둔 지금까지 그녀와 사귀어보려고 시도조차 하지 않은 나 자신이 죽도록 원망스러웠다.

그녀가 거쳐온 삶의 여정이 내 가족의 그것과 너무나 비슷해 보였기에, 나 역시 그녀를 전적으로 신뢰하며 내 삶에 대해 들려주었다. 그녀는 법정 통번역사라는 직업에 대해 몇 가지 질문을 했다. 우리는 서로에게서 예상치 못한 공통점, 그러니까 둘 다 아랍인을 상대로 돈을 벌고 있다는 공통점을 발견했다. 그녀의 꿈은 짝퉁 자동차 부품을 가지고 마그레브 시장에 뛰어드는 것이었다. 아랍어도 할 줄 알고 이미 장사꾼으로서의 자질도 증명한 나와 함께하면 일이 일사천리로 진행될 거라고 그녀는 말했다. 나는 그녀에게 우정의 선물로 아버지의 매그넘을 주었다. 절대 직접 사용하지 않겠다는 다짐, 다음 잔치 때는 공동체를 보호하기 위해 경호원을 고용해 그에게 쥐어주겠다는 다짐을 받고서였다. 마지막으로 우리는 함께 지하 창고로 내려가 내 대마초 재고, 그러니까 여기저기 나눠준 견본들까지 계산하면 정확하게 463킬로그램이 남은 대마초를 오래된 보일러실로 옮겼다.

"당신 이거 모두 어쩌게?"

"모르겠어요. 혹시 주변에 관심 가질 만한 사람 없을까요? 나한테는 이제 필요 없거든요. 몇 안 되는 우리 가족이 나눠 쓸 돈은 충분히 모았으니까."

"마약, 중국에서는 사형. 갖고 있으면 골치만 아프다."

"그럼 내가 알아서 처리할게요."

호 부인에게 아파트를 처분해 생긴 돈으로, 나는 곧 입주할 레제르 부부의 집과 같은 건물에 있는 다른 아파트를 또 하나 장만했다……. 그리고 6월의 어느 날 아침, 나는 벨빌을 떠났다.

필리프가 짐을 싸서 이삿짐 트럭에 싣는 걸 도와주었다.

짐을 거의 모두 실었을 즈음, 우리는 곤죽이 되어 있었다. 커피를 내린 뒤 우리는 ADN과 함께 아직 남아 있는 짐 상자들 위에 앉았다. 내가 살짝 향수를 담아 그 네 개의 벽 안에서 흘러간 26년의 세월에 대해 이야기하고 있는데, 어느 순간 그가 벌떡 일어나서 벽장들을 뒤지기 시작했다.

"티스푼 찾는 거라면 없을 거야. 모두 싸서 내렸거든."

"배가 고파서 그래. 살짝 요기할 것만 있으면 되는데."

그러더니 내가 샤모니 오랑주 상자 열댓 개를 쌓아둔 채 깜빡 잊고 있었던 벽장의 문을 열었다.

내 얼굴이 하얗게 질렸다.

그는 쾌활하게 과자 하나를 들고 포장을 찢어 나에게 건넸다.

"이런, 이 과자 되게 좋아하는 모양이네?"

"둘째 아이 생일 때 오렌지 티라미수 만들어주려고 사다 놨는데, 만들 시간이 없어서 쌓아만 뒀네. 버리기는 아까워서 유통기한 지나기 전에 내가 한 상자씩 꺼내 먹고 있었지."

필리프는 말없이 커피를 마셨다. 그의 안색이 바뀌어 있었다.

나는 아무 일도 없었던 양 분주하게 움직였다.

"난 늘 대체 어떤 사람들이 샤모니 오랑주를 먹는지 궁금했어. 좀 역할 정도로 달잖아." 그가 천천히 말했다…….

　나는 임박한 죽음을 앞둔 사람처럼 내가 남긴 모든 단서를 하나하나 검토했다. 그동안 진열창 앞을 지나면서 수도 없이 곁눈질로 내 모습을 살폈다. 감시 카메라에 찍힌 이미지만으로는 다론으로 변장한 나를 알아볼 수 없을 터였다. 내 거래 상대들도, 목소리를 들으면 몰라도 겉모습만으로는 나를 알아보지 못할 것이다. 프랑스어가 아닌 다른 언어로 말하는 내 도도한 말투가 신원 확인을 더욱 어렵게 만들 것이다. 게다가 그놈들이 얼마나 멍청한 작자들인지 잊지 말아야 했다! 나는 택시만 불러서 탔고, 내 집 앞에서는 절대 타지 않았다. 대형 마트 거래에 대해서는, 이 과자 건을 제외하면 내 존재가 드러날 만한 것은 전혀 없었다. 날 곤두박질치게 할 수 있는 건 딱 하루, 타티 결혼 용품 매장에서 있었던 거래에 실패한 날뿐이었다. 넉 달 전의 감시 카메라 영상 어딘가에 ADN을 줄로 묶어 데려가는 내 모습이 찍혀 있을 테니까. 도청 자료를 번역하면서 내용을 살짝 손보긴 했지만, 그 경우에도 나는 변조가 아니라 오역이라고 여겨지게끔 요령을 부렸다. 스카치 패거리가 체포되었다는 소식을 접하자마자 변장 도구들과 지폐 계수기는 모두 버렸다. 장갑을 끼지 않고는 절대 대마초를 만지지 않았다. 남은 대마초도 호 부인의 지하 창고 후미진 곳에 감춰져 있어 절대 찾아낼 수 없었다. 내 돈세탁은 완전무결했고, 내 후한 인심의 수혜자인 레제르 형사도 돈세탁 같은 건 없었다고 말할 것이다. 스위스는 왜 그렇게 들락거렸냐고? 늘 리옹역 매표 창구에서 가짜 신분증을 내밀고 현금으로 표를 샀으니 그런 질문을 받을 가능성은 없었다. 그들이 내 분홍색 다이아몬드들을 찾아내려고 시도할 수도 있겠지만, 잘들 해보셔, 그것들은 립스틱 케이스에 차곡차곡 쌓인 채 내 화장품 파우치 속에 감춰져 있으니까. 그래, 아무리 머리를 굴려봐도 의심받을 만한 것은 없었다. 필리프가 목이 메어 컥컥거리며 먹고 있는 그 억세게 단 과자 말고는.

"왜 안 먹어? 더 못 먹겠어?"

내가 무슨 생각을 하고 있는지 다 안다는 듯, 그가 나를 빤히 쳐다보았다.

그리고 바로 그 순간, ADN이 그의 허벅지에 머리를 얹어놓고 쓰다듬어달라는 듯 재롱을 부렸다……. 그 찰나의 순간, 그는 내가 대마초를 어떻게 손에 넣었는지 어렴풋이 알아차렸고, 자신이 그것을 증명할 수 없으리라는 사실을 받아들였고, 따라서 행동에 나서지 않기로 마음먹었다.

내 가엾은 필리프, 내가 당신에게 건넨 이 작은 죽음에 대해서는 정말 미안하게 생각해……. 하지만 당신이 조금이라도 덜 강직한 사람이었다면, 그랬다면…….

"난 이만 가봐야겠어, 몸이 좀 안 좋네……." 그가 말했다.

나는 눈 깜짝할 사이에 폭삭 늙어버린 남자가 내 지난 삶의 아파트를 나서는 모습을 지켜보았다.

그는 두 번 다시 내게 연락하지 않았다. 나도 그랬고.

내 모험의 끝은 국가적 대형 사건으로 마무리되긴 했지만 딱히 흥미로울 건 없다.

나는 남아 있는 대마초 463킬로그램을 처리하기 위해 낭테르 중앙 마약 단속국의 감시를 받는 튀니지인들에게 연락해, 있지도 않은 아들의 친구의 친구를 통해 그들의 번호를 알았다고, 아들이 방에 대마초를 감춰두고 있는데 어떻게든 그걸 없애버리고 싶다고 설명했다. 그러곤 이미 죽은 어느 중국인의 카드로 유틸리브[81]를 빌려 대마초를 모두 실었다. 이번에 그 튀니지인들을 만나러 간 사람은 옷차림이 흉하고

---

81 파리의 공유 전기차.

입만 열면 불평을 해대는 늙은 다론이었다.

"내 아들……. 걔 아버지가 GIA[82]한테 죽임을 당했다오……. 그래서 내가 혼자 키웠는데, 걔가 내 말은 도통 안 들어요……. 콧방귀도 안 뀐다니까!"

내 연기에 설득력이 있었는지, 그들이 오히려 날 걱정하기 시작했다.

"아예 날 죽이라지, 난 어떻게 되든 상관없으니까. 하지만 어쨌든 두 눈 시퍼렇게 뜨고 살아있는 한, 마약 때문에 그 녀석을 감방에 보내진 않을 거요. 이게 있기 전에는 학교에서 공부도 잘하고 정말 착했는데……. 자, 다 가져가요, 우리 집에서는 이걸 두 번 다시 보고 싶지 않으니까!"

그들은 군소리 없이 대마초를 싣고 출발했다. 얼마나 무거웠는지 차체 아랫부분이 땅에 거의 끌릴 정도였다……. 나는 큰 시름을 던 표정으로 그들이 멀어져가는 것을 바라보았다.

일주일 뒤, 예심판사가 베나브델라지즈 집안의 운전사 얘기를 들어보고 싶다며 나를 호출했다. 그는 수갑을 찬 채 복도에 앉아 나를, 정식으로 임명된 자신의 통번역사를 기다리

---

82 Groupe Islamiste Armé의 약어. 알제리 내전 당시 창설된 이슬람주의 테러 단체.

고 있었다.

"다 알아요. 당신이 우리 물건 가져갔죠?"

"내가? 내가 그걸 어디다 쓰려고요? 나도 나대로 조사를 해봤어요. 마약 딜러들을 도청하는 게 내 일이니까. 시간이 좀 걸리긴 했지만, 이젠 누가 그걸 주워 갔는지 알아요……. 그들은 자기들이 저지른 짓의 대가를 치러야 할 거예요. 내가 카디자를 많이 좋아했거든요. 튀니지인들 짓이에요. 나한테 그들의 이름과 주소, 전화번호가 있어요……. 당신한테 모두 넘겨줄 수 있어요."

이렇게 해서 대형 사건이 터졌다.

딜러 겸 밀고자 겸 경찰 쪽에도 피해가 컸다. 죽은 사람들. 잡혀 들어간 형사들. 떠들썩한 스캔들. 내가 냄새를 잘 맡았다. 그 튀니지인들은 중앙 마약 단속국이 만들어낸 잡종 마약 딜러들이었다.

나머지 이야기는 각종 신문에 실려 있다. 여기서 잠시나마 이 일을 언급한 건, 워낙 세상을 시끄럽게 한 사건이었기 때문이다.

흔히 하는 말마따나, 나쁜 경찰 없이는 경찰도 없다. 그렇다면 그 공무원 딜러들도 동료들의 법에 따르기를.

맘보

그다음은?

내 앞에 펼쳐진 모든 삶이 현기증을 불러일으킨다. 활짝 열린 미래. 나는 프랑스로 돌아가 호 부인과 일을 하고, 할머니가 되기를 기다리고, 손주들과 놀이터에 가 미끄럼틀을 기어오르는 아이들의 모습을 바라볼 수도 있다……. 아니면 완전히 말라붙은 채 나도 모를 뭔가에 막혀 멈출 때까지, 바람에 날리는 뿌리 뽑힌 잡초처럼 불꽃놀이에서 불꽃놀이로 떠돌 수도 있다. 또한 내 엄마처럼 쓸데없는 것들을 잔뜩 사서 그것들을 만지고, 지겨워하고, 버리고, 돌려주고, 되팔아가며, 가게들이 문을 닫을세라 늘 바삐 돌아다니는 복부인 놀이를 할 수도 있다. 그것도 아니면 아버지처럼 치료를 거부한 채 지금처럼 저무는 하루의 하늘을 물들이는 분홍빛에 잠겨 죽을 수도……. 혹은 나 자신을 위해, 살아가는 나를 보는 기쁨을 위해 그냥 살아갈 수도 있다.

두고 보자. 당장은 그냥 내가 결정을 유보하고 있다고 말해 두자…….

나는 세상에서 누군가가 날 기다리는 유일한 장소, 오만 술 탄국의 수도 무스카트로 갔다. 그러곤 축음기의 다이아몬드 바늘이 레코드판의 주름에서 주름으로 튀듯이, 그렇게 감미 로운 노래가 불길한 소리의 되풀이로 바뀌듯이 내 삶이 엇나 가기 시작했던 바로 그 호텔에 짐을 풀었다. 어린 불꽃놀이 수집가의 궁전과 달리, 그곳은 변한 게 하나도 없었다.

요즘 내가 무엇보다 좋아하는 건 의자를 창문 가까이 옮겨 놓고 만灣을 바라보는 시간이다. 나는 거기 앉아 내 방의 장미 색 양탄자, 통유리를 둘러싼 황금빛 나무틀, 노란 공처럼 푸른 빛 속으로 가라앉는 태양이 만들어내는 빛깔들의 완벽한 조화 를 몇 시간이고 바라볼 수 있다. 그것이 나를 가득 채워준다.

하지만 너무 어두워지기 전에 출발해야 한다. 페트롤리엄 세머트리까지 가려면 제법 걸어야 하는데, 점점 늙어가는 ADN이 더운 걸 싫어해 해가 질 때까지 기다린 참이다.

내 남편과 나는 결국 서로를 잘 알지 못한 채 이별했다. 그리고 그건 너무나 오래전의 일이다……. 하지만 나는 그가 만약 지금의 나를 본다면 아주 좋아했으리라 생각한다. 그날 저녁을 위해, 나는 그와 나만을 위해 쏘아 올릴 불꽃놀이를 주문했다. 거금을 들여, 사막의 하늘을 노란 심장을 가진 분홍빛 거대한 국화들로 수놓을 반짝이 별들과 변색 폭탄들을 선택했다.

대미를 장식하기 위한 소소한 이야기.

우리가 발파라이소를 함께 여행했던 어느 날 저녁의 일이다. 우리는 한 썰렁한 카바레, 구식 키치 장식을 한 친자노 클럽에 들어갔다. 열대 악단의 늙은 악사들이 양초로 장식된 빈 테이블들을 앞에 둔 채 의자에 널브러져 졸고 있었다. 그중 악단의 리더로 보이는, 염색한 머리카락에 관절염으로 온몸이 굽은 노인이 문득 문을 들어서는 우리를 보았다. 그는 벌떡 몸을 일으켜 악사들을 깨우더니, 그들에게 어떤 형태의 필사적인 에너지를 불어넣으려는 듯 손에 들고 있던 파인애플 모양의 마라카스를 힘차게 흔들며 "맘보"라고 외쳤다.

"맘보."

옮긴이의 말

"돈은 모든 것이다." 이 소설을 펼치면 마주치게 되는 첫 문장. 대개 그렇듯, 첫 문장은 소설 전체를 지배한다.

물론 삶에는 돈 외에도 추구해야 할 많은 가치가 있다. 하지만 돈에 덜미가 잡히면, 그래서 산술이 말을 하기 시작하면, 돈이라는 수의 가치는 마치 블랙홀처럼 다른 모든 것을 빨아들인다.

언젠가 아파트 곳곳에 도배된 듯 붙어 있는 택배 기사의 호소문을 읽은 적이 있다. 배달 한 건당 1,000원을 받는데 분실물을 못 찾으면 100만 원을 변상해야 하니 제발 물건을 돌려달라는 애절한 호소. 이런, 그럼 변상금을 채우려면 배달이 몇 건(이 소설을 잘 따라가려면 셈이 빨라야 한다)? 1,000건! 수치에서 오는 아득한 절망감⋯⋯. 돈이 모든 것이 아니라고? 배부른 소리!

이 소설의 주인공, 파티앙스라는 중년 여성이 모험에 뛰어든 것도 그 아득한 절망감 때문이다. 이민 2세대(이 소설의 주요 등장인물은 대부분 이민 1세대 혹은 2세대다)인 파티앙스는 일찍이 남편을 여의고 두 딸과 홀어머니를 부양하기 위해 법정 통번역사로 일한다. 그렇게 25년간 뼈 빠지게 일만 했건만, 버는 족족 두 딸의 양육비와 노모의 요양비로 다 들어가고 손에 쥔 건 땡전 한 푼 없다. 게다가 거울을 통해 어느덧 늙고 지쳐버린 자기 모습을 발견한다. 앞으로는 어쩌지? 내 노후는? 울화가 치민다.

그런데…… 그런데 12번 고속도로 주변 어딘가에 그냥 주워 오기만 하면 되는, 1톤이 넘는 대마초가 버려져 있다. 도청 자료를 아랍어로 옮기던 그녀가 치밀한 범죄 조직과는 거리가 먼, 너무 어수룩해서 오히려 호감이 가는 대마초 생산자와 운반자들("우리도 좋은 사람"이라고 항변하는 이들은, 대마초 밀매를 모로코에서 수익률 좋은 농산물을 재배해 프랑스로 배달하는 일쯤으로 여긴다)을 돕는답시고 끼어드는 바람에 일이 그렇게 되어버렸다.

파티앙스는 어떤 결정을 내릴까? 그녀는 조금도 망설이지 않는다. 도청 자료를 변조해 대마초 밀매꾼들을 도울 때부터 이미 자기 나름의 속셈이 있었는지도.

그렇다면 대마초는 어떻게 찾아낼 것인가? 찾아낸 대마초는 어떻게 팔아치울 것인가? 대마초를 팔아 챙긴 검은돈은 어떻게 세탁할 것인가? 겁대가리 없는 파티앙스는 이 모든 것을 (지나칠 정도로) '깔끔하게' 해낸다. 그것도 혼자서, ADN이라는 이상한 이름을 가진 마약 탐지견 한 마리 달랑 데리고.

소설의 골자를 이루는 이 부분에서 형사사건 전담 변호사로 일한 작가의 경력이 빛을 발한다. 변호사로 사건들을 다루며 습득했을 세세하고 다양한 정보들이 신랄하고 유머러스한 입담과 함께 생생하게 녹아들어 이야기에 몰입도와 재미를 더해준다.

이 소설을 사실적으로 읽으면, 다시 말해 '정치적 올바름', '도덕적 올바름'을 따져가며 읽다보면, 설사 주인공(작가)의 항변에 설득력이 있다 하더라도, 뭔가 불편함이 느껴진다. 한탕주의, 마약 밀매, 인종차별, 노인 문제 등이 저변에 깔려 있고, 비극적 죽음을 맞는 이들이 있으니까.

반면에 여생을 "돈으로 처바르기" 위해서가 아니라, 자식들에게 집 한 칸씩 마련해주고 어릴 적 꿈('영원한 여름')을 되찾기 위해 카멜레온이 되기를 마다치 않는 중년 여성의 분투기, 일종의 판타지로 읽으면 일종의 후련함마저 느낄 수 있다. '라 다론'의 '인생역전'에 박수를 칠 정도로?…… 적어도 형사 애인 필리프처럼 눈을 감아줄 수는 있을 것 같다. 어쩌면 속으로, 혹은 나지막하게 외칠 수 있을지도……. "맘보!"라고.

2021년 2월

옮긴이

파리의 대마초 여인

1판 1쇄 발행   2021년 3월 25일
1판 2쇄 발행   2021년 4월 1일

지은이   안네로르 케르
옮긴이   이상해

펴낸이   임지현
펴낸곳   (주)문학사상
주소   경기도 파주시 회동길 363-8, 201호(10881)
등록   1973년 3월 21일 제1-137호

전화   031)946-8503
팩스   031)955-9912
홈페이지   www.munsa.co.kr
이메일   munsa@munsa.co.kr

ISBN   978-89-7012-583-1 (03860)